Um outro Brooklyn

Jacqueline Woodson

Um outro Brooklyn

tradução
Stephanie Borges

todavia

Para Bushwick (1970-90)
Em memória

Siga em frente descendo este quarteirão,
Então vire à direita onde você vai encontrar
Um pessegueiro florindo.

Richard Wright

Um outro Brooklyn 11

Sobre a escrita de *Um outro Brooklyn* 113

I

Por muito tempo minha mãe ainda não estava morta. A minha história poderia ter sido mais trágica. Meu pai poderia ter se rendido à bebida, à heroína ou a uma amante, e deixado que meu irmão e eu cuidássemos um do outro — ou pior, sob a tutela da assistência social da cidade de Nova York, onde, de acordo com meu pai, raramente havia um final feliz. Mas não foi o que aconteceu. Agora sei que trágico não é o momento. É a memória.

—

Se tivéssemos o jazz, teríamos sobrevivido de outra forma? Se soubéssemos que nossa história era o refrão de um solo de blues, teríamos erguido nossa cabeça, dito um ao outro: *Isso é memória*, novamente e mais uma vez até que a vida fizesse sentido? Onde estaríamos agora se soubéssemos que havia uma melodia em nossa loucura? Porque ainda que Sylvia, Angela, Gigi e eu tenhamos nos juntado como um improviso de jazz — meias notas hesitantes se movendo em direção umas às outras até o grupo encontrar a base e a música parecer que sempre esteve tocando —, nós não tínhamos o jazz para saber que era isso o que éramos. Tínhamos as músicas do Top 40 dos anos 1970 tentando contar a nossa história. Ele nunca nos entendeu muito bem.

—

No verão em que fiz quinze anos, meu pai me enviou a uma mulher que ele havia descoberto por meio de seus irmãos da Nação do Islã.* Uma irmã educada, ele disse, com quem eu poderia conversar. Na época, eu mal falava. Onde antes as palavras fluíam com facilidade, repentinamente silenciei, o ânimo arrebatado, trocado por uma melancolia que minha família era incapaz de entender.

Irmã Sonja era uma mulher magra, o rosto moreno anguloso sob um hijab preto. Então é isto que a terapeuta se tornou para mim — a mulher com o véu, os dedos afilados, olhos escuros inquisidores. Naquele momento, talvez fosse tarde demais.

Quem passou pela vida sem pequenas tragédias?, irmã Sonja me perguntava com frequência, como se entender a profundidade e a amplitude do sofrimento humano fosse capaz de suprimir meu próprio sofrimento.

—

De alguma forma, meu irmão e eu crescemos sem mãe, mas ainda assim quase inteiros. Meu irmão tinha a fé para a qual meu pai o levou, eu tinha Sylvia, Angela e Gigi, nós quatro compartilhando o peso de crescer *Menina* no Brooklyn, como se fosse um fardo que passávamos de mão em mão entre a gente, dizendo: *Ei, me ajuda aqui a carregar.*

—

Vinte anos se passaram desde a minha infância. Hoje de manhã enterramos meu pai. Meu irmão e eu a postos, diante do túmulo, salgueiros chorando ao redor, os galhos praticamente

---

* Grupo político e religioso surgido nos Estados Unidos na década de 1930 que pregava a conscientização política e social da população afro-americana. [N.E.]

nus sob a neve. Os irmãos e as irmãs da mesquita à nossa volta. Sob a luz suave da manhã, meu irmão me estendeu a mão e encontrou a minha, enluvada.

Mais tarde, em uma lanchonete de Linden, Nova Jersey, meu irmão tirou seu casaco preto. Por baixo, usava uma blusa preta de gola rulê e calça de lã preta. O kufi* preto que a esposa tricotou para ele terminava logo acima de suas sobrancelhas.

A lanchonete cheirava a pão, café e água sanitária. Um painel de neon verde brilhante piscava COMA AQUI AGORA, com guirlandas prateadas, empoeiradas, penduradas abaixo. Havia passado o Natal no hospital, meu pai, que gemia de dor pedindo remédio, a demasiada lentidão das enfermeiras em atender.

Uma garçonete trouxe mais água quente para o chá de menta do meu irmão. Eu remexia meus ovos e batatas fritas mornas, depois de ter comido o bacon lentamente para provocar meu irmão.

Segurando a onda, irmã?, ele perguntou, a voz grave fraquejando um pouco.

Estou bem.

Inteira ainda?

Inteira ainda.

E ainda comendo porco e todas as outras comidas do demônio, pelo visto.

---

* Chapéu redondo usado por homens muçulmanos e afrodescendentes. [N. E.]

Tudo, menos o grunhido.

Nós rimos da piada antiga, das tardes em que eu precisava me esgueirar pelas lojas do bairro com as minhas amigas para conseguir os alimentos proibidos em casa e dos pedaços de bacon ainda em meu prato.

Você sabe que ainda pode ficar comigo e Alafia. Repouso não é contagioso.

Estou bem no apartamento, respondi. *Tem muito que fazer lá. Todas aquelas coisas para organizar... Alafia está bem?*

Ela vai ficar bem. Os médicos falam como se o bebê fosse cair de dentro dela se ela ficar de pé. Está tudo bem. O bebê vai ficar bem.

Comecei meu percurso em direção ao mundo dois dias antes do fim de julho, mas não nasci até agosto chegar. Quando minha mãe, enlouquecida pelo longo trabalho de parto, perguntou que dia era, meu pai disse: *É agosto. Já é agosto. Shhh, querida*, ele sussurrava. *Augusta chegou.*

Com medo?, perguntei a meu irmão, estendendo a mão em direção ao outro lado da mesa para tocar a dele, lembrando de repente de uma foto nossa em SweetGrove, ele, o novo bebê no meu colo, eu, uma menininha sorrindo orgulhosa para a câmera.

Um pouco. Mas sei que com Alá tudo é possível.

—

Ficamos em silêncio. Casais de idosos brancos à nossa volta tomavam seus cafés e observavam distraídos. Em algum canto nos fundos, eu podia ouvir homens falarem espanhol e rirem.

***

Sou jovem demais para ser tia de alguém.

Você vai estar velha demais para ser a mãe de alguém se não começar logo. Meu irmão sorriu. *Sem julgamentos.*

É mentira que ele não está julgando.

Só digo que é hora de parar de estudar os mortos e se envolver com um irmão vivo. Conheço um cara.

Não começa.

Tentei não pensar na volta para o apartamento de meu pai sozinha, no alívio profundo e no medo advindos da morte. Há roupas a serem doadas, comida velha para jogar fora, quadros para empacotar. Para quê? Para quem?

Na Índia, o povo hindu crema os mortos e espalha as cinzas no Ganges. O povo caviteño, que vive perto de Bali, enterra seus mortos em troncos de árvore. Nosso pai pediu para ser enterrado. Ao lado do caixão abaixado, um monte de terra marrom clara e escura aguardava. Não ficamos para assisti-la ser jogada sobre ele. Era difícil não pensar nele acordando em volta do cetim macio, invisível, como centenas de pessoas que foram enterradas em coma profundo para mais tarde acordarem aterrorizadas em meio a terra.

—

Você vai parar pelo menos um minuto nos Estados Unidos?

Um minuto, eu disse. *Mas voltarei para ver o bebê. Você sabe que eu não perderia isso.*

***

Quando criança, eu não conhecia a palavra *antropologia*, nem sabia que havia uma coisa chamada Ivy League. Eu não sabia que era possível passar dias em aviões, atravessando o mundo, estudando os mortos, toda a vida anterior a esta uma pergunta sem resposta... finalmente respondida. Tinha visto a morte na Indonésia e na Coreia. Morte na Mauritânia e na Mongólia. Havia assistido a pessoas em Madagascar exumarem os ossos de seus ancestrais embrulhados em musselina, espargirem perfume neles e pedirem àqueles que já fizeram a passagem que contassem suas histórias, bênçãos, orações. Tinha passado um mês em casa assistindo a meu pai morrer. A morte não me assustava. Agora não. Não mais. Mas o Brooklyn parecia um nó na minha garganta.

Você devia vir a Astoria para um jantar em breve, uma refeição limpa. Alafia pode se sentar à mesa, só não pode ficar no fogão cozinhando. Mas eu resolvo. Vai ser bom.

Um minuto se passou. *Sinto saudade dele*, ele disse. *Sinto sua falta.*

Nos longos e amargos últimos dias do meu pai com câncer no fígado, revezamo-nos em sua cabeceira, meu irmão vinha ao quarto no hospital para que eu pudesse sair, então eu o acordava para que ele fosse para casa tomar um banho rápido antes de ir trabalhar.

Nesse momento meu irmão aparentava ter sete anos, não trinta e um, as sobrancelhas grossas franzidas, a pele muito limpa e macia para a de um homem.

Queria consolá-lo. *É bom que ele...* mas as palavras não saíram.

Alá é bom, meu irmão disse. *Louvado seja Alá por tê-lo chamado de volta para casa.*

Louvado seja Alá, eu disse.

—

Meu irmão me deu uma carona até o metrô, beijou minha testa, me deu um abraço apertado. Quando ele se tornou um homem? Por muito tempo, ele foi meu irmãozinho, doce e solene, os olhos arregalados para o mundo. Agora, atrás de óculos com armação de metal, ele parece uma figura histórica. Talvez Malcolm. Ou Stokely.

Vou lá depois de amanhã para te ajudar, tudo bem?

Estou bem!

O quê... você levou um homem para lá e não quer que eu o conheça?

Dei risada.

Ainda transando com o Diabo, eu aposto.

Dei um tapa nele e saí do carro. *Amo você.*

Também amo você, Augusta.

—

No metrô, a caminho do antigo apartamento, ergui os olhos assustada ao ver Sylvia sentada do outro lado do corredor lendo o *New York Times*. Ela envelheceu lindamente nesses vinte anos em que não a vi. Seu cabelo castanho-avermelhado estava curto agora, com mechas cinza. Sua pele, ainda um bronze misterioso que contrastava com os olhos claros, agora estava marcada por rugas suaves. Talvez ela tenha sentido que eu a observava porque olhou para cima subitamente, me reconheceu e sorriu. Por vários lentos segundos, os anos se passaram e ela era Sylvia outra vez, com quase quinze anos em seu uniforme da São Tomás de Aquino — saia xadrez verde e azul, blusa branca e gravata-borboleta xadrez, a barriga começando a aparecer. Enquanto meu corpo era tomado pelo silêncio outra vez, me lembrei da irmã Sonja, a cabeça coberta com hijab curvada sobre seu caderno, os dedos imóveis na primeira vez em que chorei em seu consultório.

Sylvia.

Ó meu Deus! Augusta!, ela disse. *Quando você voltou pro Brooklyn?*

A criança deveria ser uma jovem a essa altura. Eu me lembro de ter ouvido que ela tinha o cabelo avermelhado de Sylvia, e, quando recém-nascida, os olhos eram cinza.

De alguma forma eu sabia que o trem estava parando na Atlantic Avenue. No entanto, a estação e tudo ao meu redor pareciam muito distantes. De algum jeito eu me levantei do assento. A voz sumiu novamente. O corpo em frangalhos.

Talvez Sylvia tenha pensado que eu iria até ela, pronta para abraçá-la, deixar o passado para trás e esquecer. Talvez ela tenha esquecido, como os anos nos permitem fazer.

Você está ótima, garota, ela disse.

As portas do trem se abriram. Ainda não era a minha estação.

Mas desci assim mesmo.

—

Os anos nos apagam. Sylvia foi sucumbindo na poeira do mundo antes de eu conhecê-la, de o bebê dela ir embora, depois sua barriga, depois seus seios e, finalmente, só a única lacuna profunda em minha vida onde ela uma vez esteve.

Angela desapareceu a seguir, ao longo dos anos, apenas uma voz fragilizada na secretária eletrônica quando eu estava em casa ou de férias da faculdade. *Somente agora soube da Gigi. Que horrível. Você estava lá?* Promessas de retomar o contato da próxima vez que estivéssemos em Nova York. Promessas de que ela me encontraria novamente. Tanto ar ao redor das mentiras à distância nos permitiu contá-las, enquanto ela desaparecia em um mundo do qual agora fazia parte, um mundo de dançarinas e atores — reinventada em uma realeza sem passado.

Gigi.

A cada semana, irmã Sonja dizia: *Comece pelo início*, seus dedos escuros curvados em torno de um pequeno caderno preto sustentando a caneta. Muitas ocasiões passaram antes que eu abrisse a boca para falar. Toda semana, começava com as palavras: *Estava esperando minha mãe...*

O consultório era pequeno, uma hera pendia de um pequeno vaso ou então de um peitoril de janela desgastado. Talvez fosse a hera que me fizesse voltar. Toda semana, eu passava quarenta minutos, os olhos se movendo da hera para o hijab de irmã Sonja, para os dedos dela cerrados em torno do caderno e da caneta. Talvez falasse apenas porque a cada semana me permitiam olhar para o rosto negro e anguloso de uma mulher e acreditar novamente que minha mãe voltaria em breve.

I know when I get there, meu irmão e eu costumávamos cantar. *The first thing I'll see is the sun shining golden. Shining right down on me...**

Como cheguei até ali, naquele momento em que me pediram para começar pelo início? Quem eu me tornara?

Ela está vindo, eu diria. *Amanhã e amanhã e amanhã.*

E suas amigas?, irmã Sonja perguntava. *Onde elas estão?*

Estamos esperando por Gigi, respondia. *Todas esperamos por Gigi.*

Sylvia, Angela, Gigi, Augusta. Nós éramos quatro garotas unidas, incrivelmente bonitas e terrivelmente sozinhas.

Isso é memória.

—

No leste da Indonésia, as famílias mantêm seus mortos em cômodos especiais na casa. Os mortos não estão verdadeiramente mortos até que a família tenha juntado dinheiro suficiente para o funeral. Até lá, o morto permanece com eles, vestido e bem tratado a cada manhã, levado em viagens com a família, abraçado dia a dia, amado intensamente.

---

* "Eu sei que quando eu chegar lá [...] A primeira coisa que eu vou ver é o sol brilhando de ouro. Brilhando bem em cima de mim". Versos da canção "Way Over Yonder", de Carole King, do álbum *Tapestry*, de 1971. [N.T.]

2

No ano em que minha mãe começou a ouvir vozes do falecido irmão dela, Clyde, meu pai tirou a mim e a meu irmão de nossa terra em SweetGrove, no Tennessee, e nos levou para o Brooklyn. Era o verão de 1973, eu tinha oito anos, meu irmão, quatro, o polegar dele novamente em direção à boca no calor da cidade, os olhos arregalados e assustados.

O pequeno apartamento ficava no último piso de um prédio de três andares. Meu irmão e eu nunca tínhamos estado numa altura como aquela, e passamos horas olhando através das janelas pintadas e fechadas para a rua lá embaixo. As pessoas que passavam eram, no geral, bonitas de algum jeito — lindamente magras, lindamente obesas, lindas de estilo afro ou com tranças junto ao couro cabeludo ou carecas. Lindamente vestidas com *dashikis* africanos e jeans boca de sino, minissaias, vestidos de cintura marcada.

O verde do Tennessee se dissipou depressa no mundo estranho do Brooklyn, o calor exalando do concreto. Pensava em minha mãe constantemente, levava a mão ao rosto para acariciá-lo, a imaginava ao meu lado, explicando essa novidade, o ritmo rápido, o impenetrável cinza. Quando meu irmão chorava, eu o acalmava, dizendo para não se preocupar. *Em breve ela virá*, eu dizia, tentando ecoar a voz dela. *Virá amanhã*. E amanhã e amanhã e amanhã.

—

Foi nesse verão que vi Sylvia, Gigi e Angela pela primeira vez. As três usavam tops amarrados no pescoço e shorts, braços dados, empinavam a cabeça para trás, riam. Eu as observava até desaparecerem de minha perspectiva, me perguntando quem elas eram, como elas... *se juntaram*.

Minha mãe não acreditava em amizade entre mulheres. Dizia que mulheres não eram confiáveis. *Mantenha um braço de distância*, ela dizia. *E deixe as mulheres um palmo depois da ponta de sua unha mais comprida*. Ela me disse para deixar as unhas crescer.

No entanto, quando observava Sylvia, Angela e Gigi passarem sob nossa janela, era tocada por algo profundamente desconhecido — um desejo de fazer parte de quem elas eram, de dar meu braço a elas e permanecer ali. Para sempre.

Outra semana se passou e elas apareceram de novo, dessa vez pararam embaixo da nossa janela e ficaram desenrolando e dobrando um longo fio de telefone, Gigi e Angela batiam enquanto Sylvia se mantinha fora das cordas, gingando para a frente e para trás na planta dos pés antes de pular. Eu assistia a elas, minha boca ligeiramente aberta, intrigada com o embalo fluido delas, como cada uma se mexia de modo que a outra pudesse continuar se movendo.

Meu pai, meu irmão e eu éramos diferentes disso. Passava meus dias conectada a eles, mas dentro de mim, abraçando meu irmão, rindo com meu pai, sempre profundamente consciente da presença deles. Mas era uma presença na sombra, uma presença gravada no DNA. Quando observava meu irmão e meu pai se aproximarem um do outro para conversar, via sua conexão fluida, *alguma coisa* da qual eu ficava de fora.

Talvez fosse assim que eu e minha mãe nos voltássemos uma para outra. Quando ela retornasse, nos aproximaríamos dessa forma de novo. Enquanto isso, eu pressionava meu rosto contra o vidro quente, as mãos espalmadas na janela, querendo estar dentro do continuum de Sylvia, Angela e Gigi.

No fim de julho, meu pai passou a faca na parte de cima do batente da janela, raspando as linhas grossas de tinta verde, até que a vedação cedeu e o som da cidade finalmente flutuou na nossa direção.

Um radinho em algum lugar do quarteirão parecia tocar "Rock the Boat" o dia inteiro, e às vezes meu irmão cantava fechando a mão como um microfone. *So I'd like to know where, you got the notion. Said I'd like to know where...**

Daquela janela, de julho até o final do verão, vimos o Brooklyn se tingir de um rosa comovente no início de cada dia e submergir em um azul-acinzentado no crepúsculo. No fim da manhã, víamos os caminhões de mudança estacionarem. Brancos que nós não conhecíamos enchiam os veículos com seus pertences, e, à tarde, observávamos eles contemplarem os edifícios dos quais estavam se mudando, então entravam em suas minivans e iam embora. Uma mulher pálida com cabelo escuro escondia o rosto entre as mãos enquanto se sentava no banco do passageiro, os ombros trêmulos.

Geralmente eu e meu irmão ficávamos sozinhos. O emprego do meu pai na seção masculina da loja de departamentos Abraham &

---

* "Então eu queria saber, você teve noção? Disse, eu queria saber onde...". Canção gravada pelo grupo Hues Corporation no álbum *Freedom for the Stallion*, de 1973. [N.T.]

Straus era no centro da cidade, e ele saía ao nascer do sol para pegar o ônibus B52. Nunca tínhamos pegado aquele ônibus nem qualquer outro na cidade. Ônibus eram tão estranhos para gente quanto os meninos negros e pardos na rua lá embaixo, jogando tampinhas de garrafa em números desenhados com giz, as mãos e os joelhos esbranquiçados de pó no fim do dia. Às vezes, os garotos olhavam para nossa janela lá em cima. Mais de uma vez, um menino bonito piscou para mim. Por muitos anos eu não soube o nome dele.

Em uma manhã, logo cedo, assim que eu e meu irmão assumimos nossas posições na janela, com tigelas de cereais no colo, um garoto lá embaixo tirou uma chave inglesa do bolso e a usou para retirar a tampa de um hidrante, então abriu o registro até que a água limpa jorrasse, atingindo a rua. Observamos a água por horas. Crianças que não conhecíamos, mas que subitamente odiávamos com uma inveja intensa o suficiente para sentirmos seu gosto, as regatas e os shorts colados em sua pele escura. Eu vi Sylvia, Angela e Gigi mais uma vez naquele dia, uma empurrando a outra para a água, suas vozes oscilando em direção à nossa janela.

Ela está rindo de nós?, meu irmão perguntou. *Aquela do cabelo vermelho. Ela acabou de olhar para cima, para nossa janela, e riu.*

Fica quieto, respondi. *Ela nem é alguém.*

Eu estava começando a odiá-las. Eu estava começando a amá-las.

Às vezes, Angela se afastava das outras roendo as unhas com força, seu cabelo afro curto pingando. O tom amarelado de sua pele era familiar para mim como o Tennessee. Na igrejinha onde nossa mãe nos levava às vezes, quatro irmãs que se pareciam com Angela se sentavam bem à frente, cabelos alisados, trançados e amarrados com fitas brancas, as costas eretas. Enquanto o pai delas pregava, eu as observava, indagando como deveria ser caminhar à beira do sagrado. *Pois Deus amou o mundo de tal maneira*, o pai delas dizia, *que entregou seu filho unigênito.* Mas e suas filhas, eu me perguntava. O que Deus fez com suas filhas?

—

Meu pai cresceu no Brooklyn, mas se alistou no Exército com dezoito anos e foi designado para uma base perto de Clarksville, Tennessee. Então veio o Vietnã. Em seguida minha mãe e SweetGrove. Faltava a ele um dedo em cada mão, o mindinho na esquerda, e na direita, o polegar. Quando perguntávamos como tinha acontecido, ele não respondia, então eu e meu irmão passávamos horas imaginando como se podia perder dois dedos na guerra — facas, bombas, tigres, diabetes, a lista não tinha fim. Os pais dele envelheceram e morreram a um quarteirão de onde vivíamos agora. Naquele verão, quando lhe imploramos que nos deixasse sair de casa durante o dia, ele balançou a cabeça. *O mundo não é tão seguro como vocês gostam de acreditar que é*, respondeu. *Vejam Biafra*, ele disse. *Vejam o Vietnã.*

Eu pensava em Gigi, Sylvia e Angela andando de braços dados pelas ruas embaixo de nossa janela. Como pareciam fortes e seguras. Tão inatingíveis.

Em um domingo pela manhã, a caminho da igrejinha que meu pai tinha encontrado para a gente, um homem com terno preto o parou. *Fui enviado pelo profeta Elijah, em nome de Alá*, ele disse, *com uma mensagem para você, meu belo irmão negro.*

O homem se voltou para mim, os olhos movendo-se lentamente pelas minhas pernas descobertas. *Você é uma rainha negra*, ele disse. *Seu corpo é um templo. Deveria estar coberto.* Apertei mais ainda a mão de meu pai. Com um vestido curto de verão, minhas pernas pareciam muito longas e muito expostas. Um templo aberto. Um templo exposto.

O homem entregou um jornal a meu pai e disse: *As-Salaam Alaikum.** Então foi embora.

Na igreja, atrás do pastor, havia uma imagem de nosso Senhor Jesus Cristo, branco e sagrado, suas vestes abertas para mostrar o coração exposto e sangrando.

Os Salmos nos dizem, pregava o pastor, *na minha angústia clamei ao Senhor, e ele me ouviu.*

A luz dourada se derramava por uma pequena janela de vidros manchados. Meu pai ergueu os olhos, viu o que eu via — a forma como a luz dançava através das cadeiras dobráveis, os colos enfileirados, o chão desgastado de madeira. Então o sol se moveu, e a luz se mesclou outra vez nas sombras. Qual era a *mensagem para você, meu belo irmão negro*, em toda aquela luz na igreja? Era para qualquer um de nós?

Atrás de mim, uma velha senhora resmungava um "amém".

—

Com a chegada da iluminação pública, e de nossos lugares na janela, meu irmão e eu podíamos ver crianças correndo para lá e para cá na calçada. Ouvíamos eles rirem e gritarem: *Não valeu! Não valeu! Não valeu!* Podíamos ouvir a música do caminhão de sorvete Mister Softee ressoar por todos os lados.

---

* "Que a paz esteja convosco". [N.T.]

Meu irmão implorou várias e várias vezes pelo mundo além de nossa janela. Ele queria ter mais perspectiva, além da pequena árvore recém-plantada, além do hidrante, além dos nossos reflexos nos painéis escuros da janela.

Se alguém tivesse olhado para cima um minuto antes, teria visto nós dois ali, como sempre, observando o mundo através da vidraça. Eu tinha dez anos e meu irmão, seis. Nossa mãe ainda estava em SweetGrove. Nossas palavras se tornaram uma canção que parecíamos cantar sem parar. *Quando eu crescer. Quando voltarmos para casa. Quando formos lá fora. Quando nós. Quando nós. Quando nós.* Naquele momento as mãos de meu irmão espalmadas contra o vidro, empurrando para fora em vez de para cima, quebrando-o, um corte esbranquiçado profundo, subitamente seu antebraço pulsando vermelho vivo.

Como meu pai apareceu de repente, com uma toalha grossa na mão? Ele estava apenas a um cômodo de distância? No andar de baixo? Ao nosso lado? Isso é memória. Os lábios de meu pai se movendo sem emitir som, apenas o sangue do meu irmão empoçando no peitoril, pingando no vidro estilhaçado reluzente aos nossos pés. Meu pai pegando meu irmão pálido no colo, mas sem fazer barulho. O rastro silencioso de sangue. A sirene silenciosa. A multidão silenciosa se juntando para ver nós três subindo na ambulância.

—

No branco luminoso de uma sala do hospital, o som retornou, trazendo consigo o gosto, o cheiro e o tato. A sala estava fria demais. Ainda não tínhamos jantado. Onde estava meu irmão mais novo? Uma enfermeira me entregou um copo descartável e um prato de isopor cheio de biscoitos Nilla. Eu queria água. Leite. Carne. Havia sangue seco num tom marrom ferruginoso na minha camiseta. Sangue no meu shorts. Sangue no meu Keds azul-claro. Pressionei dois biscoitos um contra o outro, mastiguei devagar.

Minha mãe disse que Clyde não tinha morrido no Vietnã. Pegaram o homem errado. *Com tantos homens negros e pardos, quem saberia?*, minha mãe disse. *Poderia ter sido qualquer um. Ele me disse.*

Outra enfermeira queria saber se estava tudo bem comigo.

Seu irmão vai ficar bem, ela disse. *Vai ficar tudo bem, querida.*

Clyde está bem, minha mãe dizia. *Logo ele estará em casa.*

Hospital Kings County. Sem quartos, só enfermarias. Puxe uma cortina e há um bebê chorando. Puxe outra cortina e há uma garota com o braço engessado de um jeito inusitado. Cortinas e crianças. Enfermeiras e burburinho. Onde estava o meu irmão?

Você gostou desses biscoitos, não foi, querida?, a enfermeira perguntou. *Você estava com fome, não estava?*

Os Benguet no norte das Filipinas vendem seus mortos e os sentam em uma cadeira do lado externo da entrada da casa, pés e mãos atados.

Minha mãe virou o telegrama frente e verso, sorrindo. Os olhos na porta.

—

Por muito tempo depois do vidro quebrado, não houve espaço em minha cabeça para as novidades de Sylvia, Angela e Gigi.

Quando elas berravam umas com as outras debaixo de minha janela, eu não olhava para baixo. Deitava-me na minha cama, encarando o teto. Uma braçadeira circundava a lâmpada. Flores brancas orbitavam ao redor da luz, o caule até o botão, o botão até o caule. Se minha mãe estava vindo, deveria vir agora, tão perto do vidro estilhaçado, do braço do meu irmão retalhado e costurado.

Quando meu irmão disse: *Aquelas garotas estão aí fora outra vez*, eu não respondi, apertei os pés dentro das meias e virei meu rosto para a parede. Debaixo do curativo, os pontos pretos uniam a pele do meu irmão novamente como antes. Eu queria a minha mãe.

3

Um pouco depois de a janela estilhaçar, meu pai começou a deixar a gente sair. Primeiro o portão da frente — *Fiquem do lado de dentro. Deixem o portão fechado.* Depois a árvore no meio do quarteirão. Então a placa de PARE na esquina. Virando a esquina até a loja do Poncho, mas só os dois juntos. *Segure a mão do seu irmão.* A seguir até o meio-fio, o meio da rua, a quadra de handball, descendo a Knickerbocker, até o parque, os balanços pequenos, os balanços grandes, até meu irmão e eu finalmente estarmos livres.

Alguns dias, eu vagava pelas ruas sozinha, procurando pela minha mãe. O cabelo dela estaria grisalho agora? Ainda em um black power? Estaria ainda mais magra do que me lembrava, ou os anos lhe teriam acrescentado uns quilos como as senhoras italianas e irlandesas que se mudaram, que já caminharam pelas nossas ruas lentamente, com seus bustos pesados e sem cintura? Ainda chamaria por Clyde durante a noite, amaldiçoaria meu pai, caminharia pela terra que costumava pertencer a ela, entraria na água e pensaria que tudo ainda era dela?

Vem comigo, eu dizia ao meu irmão várias vezes. *Vamos procurar por ela.*

Antes de Sylvia, Gigi e Angela serem minhas, chegavam a nossa escola pública, toda manhã, mantendo distância de mim.

Elas chamavam umas pelas outras no pátio. Davam-se os braços e riam. Antes que eu soubesse seus nomes, conhecia os ossinhos de suas nucas, a curva suave de seus traços. Conhecia cada blusa de gola rulê ou gola boneca que tinham. Conhecia o olhar mal-humorado de Angela enquanto ela esperava na fila do refeitório. Conhecia o braço bronzeado de Sylvia enroscado na cintura de Angela no pátio da escola. Conhecia a voz de Gigi, um sotaque espanhol ou britânico ou alemão nervoso quando tínhamos que nos apresentar no auditório.

Todos os professores que entravam na escola as adoravam, e o resto de nós desaparecia na invisibilidade.

Antes de elas serem minhas, eu contemplava o pescoço de cada uma delas, observava suas mãos perfeitas se fecharem em torno de cordas de pular e das bolas de handball, via suas unhas pintadas cintilantes. Quando davam o braço umas para as outras e saíam dançando pelos corredores, tinha certeza de que não havia mães ausentes no passado delas. Eu realmente acreditava que estivessem estáveis no mundo. Observava-as desejando ter o que tinham — seis pés bem firmes. Aqui. Agora.

Naquele ano, antes que crescêssemos, atingindo a mesma altura, Sylvia era a mais alta. No dia em que finalmente nos tornamos amigas, Angela usava um casaco que havia ficado pequeno, os braços magros pálidos escapavam pelas mangas. Minha jaqueta também estava muito pequena, então a encarei primeiro, na expectativa de que ela constatasse de que vínhamos do mesmo lugar — um lugar onde trançávamos o próprio cabelo — e estávamos despreparadas para a rapidez com que o inverno baixava nessa cidade.

A tristeza e a estranheza que sentia eram mais intensas do que qualquer outro sentimento que já tinha conhecido. Estava com onze anos, a ideia de dois dígitos idênticos na minha idade ainda era recente e impressionante e partia meu coração. As meninas devem ter sentido isso. Deveriam saber. Onde estavam os dez, nove, oito, sete que se foram? E agora, pela primeira vez, estávamos nós quatro juntas. Deve ter parecido um início, um amparo.

Segurava minha bolsa de livros quase vazia.

Por que você nos encara desse jeito?, perguntou Sylvia. *O que você está procurando?*

Anos depois me lembraria de como a voz dela estava trêmula, de como me indagava se era o frio ou o medo que a levava a estremecer. E nela havia uma leve cadência da Martinica, uma ilha tão estrangeira para mim quanto o Bronx.

Sylvia se aproximou de mim. *Sério, estou perguntando: Tá olhando o quê? O que você vê na gente? Não estou tentando ser má.*

Tudo, eu disse. *Eu vejo tudo.*

—

Você é a que não tem mãe, não é? Sylvia tocou no meu rosto, a boca tão próxima que podia sentir o hálito da bala de cereja.

Não. Não sou eu.

Aconteceu anos antes da mulher de hijab. Anos antes do silêncio e das tardes observando a hera pendente do peitoril, um lápis apontado na mão delgada e escura.

***

O céu estava encoberto nesse dia. O sinal da escola tocava. Ao nosso redor, as crianças corriam em direção à entrada. Sylvia pegou minha mão. *Você agora é nossa*, ela disse.

E durante muitos anos foi verdade.

O que vocês viram em mim? Eu perguntaria anos depois. *Quem vocês viram parada ali?*

Você parecia perdida, Gigi sussurrou. *Bonita e perdida.*

E faminta, Angela acrescentou. *Você parecia tão esfomeada.*

E enquanto permanecemos de pé ali, num semicírculo no pátio da escola, vimos a perda, a beleza e a fome em cada uma de nós. Vimos um lar.

—

Meses depois, eu descobriria que Sylvia, um ano antes de mim, com seus pais e três irmãs mais velhas, teria vindo da pequena ilha da Martinica. Ela tinha passado o verão, com Angela e Gigi, zanzando pelos poucos quarteirões que os pais permitiam, esquecendo rapidamente o francês que sempre falou. O pai dela, que tinha o mesmo cabelo castanho-avermelhado, cachos largos, lia Hegel e Marcel, e citava trechos em voz alta para Sylvia em um francês *patois** que ela jurava não entender mais. Quando ela sorria, a beleza dela me entusiasmava.

---

* Palavra francesa que designa o falar típico de algumas antigas colônias francesas. [N. T.]

Gigi também chegou ao Brooklyn um ano antes de mim, vinha da Carolina do Sul, por causa da mãe, que sonhava comemorar o aniversário de vinte e um anos em Nova York. *Não façam as contas*, Gigi falava toda vez que alguém perguntava se sua mãe era sua irmã. *O resultado é gravidez na adolescência*. Era fim do outono, e éramos amigas àquela altura, Gigi ajeitando atrás da orelha uma espessa trança, revirando os olhos.

Isso nunca aconteceria com a gente, pensávamos. Sabíamos que esse nunca poderia ser o *nosso* caso.

Havia dias em que o olhar de Angela era introspectivo e distante. Quando perguntávamos o que havia de errado, ela respondia: *Nada! Por que cês todas ficam me vigiando como se eu fosse um cachorro?* Naqueles dias, a deixávamos com sua fúria, caminhando em silêncio ao seu lado, olhando-a de soslaio até as mãos dela se abrirem e alcançarem as nossas. *Sempre estive aqui*, ela disse, quando perguntamos se houve outro lugar antes do Brooklyn. *Não tenho nenhuma história*, ela disse. *Só vocês, meninas. Só aqui e agora.*

4

Deixamos o Tennessee à noite, meu pai nos sacodindo gentilmente para acordarmos, meu irmão e eu. Semanas antes, meu pai e minha mãe vinham discutindo. Minha mãe havia jurado que levaria a faca de açougueiro para a cama e dormiria com ela debaixo do travesseiro. *Clyde me contou que você estava com uma mulher na noite passada*, minha mãe disse. Meu tio Clyde estava morto havia quase dois anos nessa época.

Não confie nas mulheres, minha mãe dizia. *Até mesmo as feias vão pegar o que você pensou que era seu.*

—

Aos sábados, meu pai nos levava para Coney Island, pegávamos o trem duplo L até a última estação do trem F. Da janela do primeiro vagão, meu irmão e eu observávamos a roda-gigante surgir no horizonte, então o Parachute Jump Ride que esteve fechado durante muito tempo, depois o Cyclone, e finalmente o oceano. Ficávamos perplexos com as pessoas no entorno do parque de diversões — homens magérrimos com o pescoço coberto de tatuagens, mulheres de cabelos longuíssimos, seminuas, entorpecidas por heroína, no píer, vendedores ambulantes puxando pedestres, prometendo emoções, mulheres negras enormes e impetuosas em biquínis minúsculos, crianças porto-riquenhas besuntadas com generosas camadas de óleo de bebê. Segurávamos as mãos do nosso pai com firmeza, implorando pela pipoca escorrendo manteiga e pelas nuvens de algodão-doce que eram vendidas. No entanto, geralmente só havia dinheiro para alguns brinquedos e talvez um cachorro-quente e um refrigerante no almoço.

Não entendíamos o tipo de pobreza em que vivíamos. Nosso apartamento era pequeno, mobiliado pelo proprietário com uma mesinha amarela de plástico, camas de solteiro para mim e meu irmão, e um sofá-cama verde-escuro na sala. Toda noite, depois de dar um beijo de boa-noite, ouvíamos o ranger das molas quando meu pai puxava o sofá e o transformava em sua cama, sem travesseiro, e coberto por uma colcha leve florida.

No verão, dormíamos com as regatas antigas do meu pai. No inverno, combinávamos camisas com ceroulas encardidas, as do meu irmão esfarrapadas e rasgadas do tempo que as usei antes de passá-las a ele.

Contudo, meu irmão e eu nunca sentíamos fome, nosso rosto nunca ficava cinzento, e nós sempre tínhamos as roupas apropriadas para o clima. Tínhamos visto crianças realmente pobres, os ossos despontando em seus joelhos e tornozelos, as roupas surradas, os olhares famintos acompanhando o caminhão de sorvete Mister Softee enquanto ficávamos com nosso pai do lado de dentro do portão de entrada lambendo nossas casquinhas. Não éramos eles. Na maioria dos dias, tínhamos o suficiente.

À noite, quando chorávamos, meu pai dizia para ficarmos quietos. Mais uma vez prometi a meu irmão que nossa mãe estava a caminho.

Por que viemos embora?, ele perguntava.

Porque mamãe estava falando com tio Clyde, respondi. *Papai não acredita em espíritos.*

—

Nossa mãe tinha os olhos tristes e braços e pernas longos como meu pai, mãos delicadas que pareciam estar sempre alcançando algo ou alguém. Quando Clyde morreu, essas mãos tornaram-se lentas, estendiam-se cada vez menos, raramente nos tocavam.

A primeira vez que vi os dedos pálidos de Angela se fecharem num punho, pensei na minha mãe. Carros levemente manchados, nossos sapatos, a calçada cinza brilhante. Angela estava dançando, sua perna erguida num arabesco, seus dedos longos esticados para a frente, diante dela. Então, de uma hora para outra encolheu os braços, suas mãos se fecharam, suas sobrancelhas se curvaram com tanta ferocidade que dei um passo me afastando dela. *O que foi?*, perguntei. *O que foi isso?* Mas Angela só deu de ombros, enfiou as mãos nos bolsos e balançou a cabeça. Eu queria perguntar: *Onde foram parar suas mãos, Angela?* Eu queria contar a ela que quando seus dedos ficavam imóveis daquele jeito minha mãe reaparecia.

Naquele momento, uma mulher passou cambaleando por nós, tentando evitar atrair a atenção, a mão inchada e sem veias. As quatro a observaram sem nada dizer. A pele escura dela parecia macia ao toque, um tom azulado sob o marrom.

Onde estariam os dedos imóveis da minha mãe agora? Eu me perguntava enquanto observava a mulher, a pele dela tão familiar que, por um momento, fui transportada no tempo. Onde estava o sorriso com os olhos entristecidos da minha mãe? Como era o clima do Tennessee sem que eu estivesse lá para respirar com ela? Limonada na varanda. O som vibrante da sua risada. O brilho e o cheiro de sua cabeça logo depois de ela passar óleo e alisar o cabelo.

A mulher cambaleou até a esquina, tentando se segurar na placa de PARE, e, sem conseguir alcançá-la, desapareceu virando a esquina.

Como aprenderíamos a seguir nosso caminho nesta jornada sem minha mãe? Até meu pai no píer em Coney Island, com a música e o barulho e o rangido da montanha-russa à direita, o vasto oceano à esquerda, caminhava devagar, instável, como se não estivesse certo do próximo passo.

—

Certa noite, meu pai chegou em casa com um radinho. Quando ele o ligou, uma música suave invadiu a sala e eu e meu irmão dançamos como no Tennessee, levantando os braços, como se nossa mãe segurasse nossas mãos, nossos olhos fechados, nossa cabeça voltada para baixo.

—

Se alguém me perguntasse: *Você é solitária?* Eu teria respondido: *Não*. Teria apontado meu irmão e dito: *Ele está aqui*. Teria mentido mesmo que as ruas vazias nas tardes chuvosas ameaçassem me engolir de uma vez. Se fosse outono, depois que Sylvia, Angela, Gigi e eu nos tornamos inseparáveis, eu as puxaria para perto de mim, redimindo-me no conforto de suas gargalhadas.

—

Uma mulher de nome Jennie se mudou para o apartamento abaixo do nosso. Era magra, tinha a pele escura e usava uma peruca longa, preta, que ia até o meio das costas. Quando falava, a voz dela era entusiasmada. Na maior parte das vezes falava em espanhol. Meu pai explicou que há um lugar chamado República Dominicana, mas, quando ela estava calada, parecia ter vindo do Tennessee. Para meu irmão, ela lembrava nossa mãe. Era bonita do mesmo jeito impressionante. *Ela está quase voltando agora*, meu irmão dizia. *Está quase aqui.* Mas meu pai disse para ficarmos longe de Jennie.

Meu pai tinha trazido a escova de madeira com crina de cavalo que usávamos no Tennessee, as cerdas cheiravam a pomada Dixie Peach e Sulfur 8. Depois de lavar o cabelo do meu irmão, eu escovava as pequenas mechas enquanto ele mordia o lábio para conter o choro. *São as mãos da mamãe*, eu sussurrava. *Feche os olhos e faça de conta.* Ele fechava os olhos, estendia as mãos e segurava a minha. *Augusta*, ele disse. *Consigo sentir os ossos dela.*

A cada duas semanas, meu pai lavava meu cabelo, me dava três dólares e me mandava de cabelo molhado para a casa de Miss Dora, do outro lado da rua. Miss Dora era grande o bastante para ocupar duas cadeiras dobráveis e sempre se sentava de lado com uma caneca grande cheia de Cola-Cola e gelo a seus pés. Com uma toalha sobre os ombros, eu me sentava no chão, com a cabeça encostada em sua coxa robusta, observando o quarteirão e me contorcendo enquanto ela passava óleo e trançava meu cabelo. Ela murmurava canções suavemente enquanto trançava, e com frequência eu me pegava cochilando ao som de "Amazing Grace" ou "In the Upper Room".

O filho de Miss Dora morreu no Vietnã. Pequenas bandeiras dos Estados Unidos enfeitavam seu portão e a escada, penduradas por um cordão marrom ao longo do tapume de alumínio vermelho brilhante na frente do prédio. Uma bandeirinha dourada estava afixada acima de seu peito. Conforme os feridos pela guerra vagavam pelo quarteirão, irritados e de olhos turvos, Miss Dora cumprimentava todo veterano que passava. *Fico feliz que todos eles tenham voltado pra casa*, ela disse. *Verei meu filho um dia no futuro.*

No calor intenso do verão, observávamos as crianças cercarem os viciados em heroína, fazendo apostas se eles cairiam no chão ou não. Uma vez, um garotinho desceu a rua correndo com uma agulha hipodérmica envergada, que ele tinha acabado de encontrar, e apontava como se fosse uma arma.

À noite, eu enrolava minha cabeça num tecido rasgado de uma antiga camisola de seda da minha mãe sem me lembrar de como o consegui, apenas tinha o cheiro dela e brilhantina de cabelo. Quando eu e meu irmão nos deitávamos lado a lado, ouvíamos os homens entrando e saindo do apartamento de Jennie — o ruído suave da campainha dela, o arrastar de seus chinelos nas escadas, as risadas dos homens enquanto subiam atrás dela, seu sussurro: *Não tocar Jennie antes de você pagar dinheiro de Jennie.*

Pelo que é o dinheiro?, meu irmão perguntou na escuridão.

Coisas. Sussurrei de volta. *São só coisas.*

—

A terra no Tennessee que chamávamos de SweetGrove se estendia até lá embaixo na floresta de pinheiros, noz-pecã, nogueira e bétula doce. Além das árvores havia mais terra, e, onde ela acabava, tinha água. A terra pertencera ao meu avô materno. Ele tinha herdado do *bisavô* dele. A poeira de barro e a relva ondulante se espalhavam por acrᶱs distantes da casa onde meu irmão e eu nascemos. A casa em si vivia em estado de ruína — vigas inclinadas, tetos manchados pela umidade, piso de madeira lascando. Um fogão a lenha antigo ficava ao lado de um mais recente, elétrico, que não funcionava mais, um fogão portátil no balcão entre os dois. Uma geladeira turquesa encostada nos tijolos cor de mostarda. Uma goteira pingava em uma das paredes do andar de cima, ecoando. Janelas puxadas por correntes emperraram meio abertas na biblioteca empoeirada. Três livros compunham a terceira perna do sofá na sala de estar. Nos dias chuvosos, a casa cheirava a madeira podre e água salgada. Ainda assim, meu irmão e eu nos movimentávamos por aquela casa como se a conhecêssemos desde sempre, sem notar como se desmanchava. Corríamos por ela rindo, batíamos as portas ao entrar e sair, fechávamos os olhos à noite e acordávamos com a manhã luminosa em seu interior com a pura alegria de um *Lar*.

Clyde tinha vinte e três anos. Havia se formado na Universidade Howard. Tinha um metro e oitenta de altura e o sorriso suave e doce da nossa mãe. À noite, bem depois de meu irmão e eu irmos para cama, nossos pais e Clyde se sentavam na varanda decaída da frente e conversavam sobre fazer com que SweetGrove voltasse a ser o que foi um dia, antes de qualquer um deles existir para ver. Mas meu pai e Clyde não sabiam muito como trabalhar aquela quantidade de terra. Meu pai era um garoto da cidade, e Clyde tinha, na infância, se apaixonado por mapas e garotas bonitas, então ele nunca se apropriou dos segredos de sentir o gosto da terra e de pulverizar lagartas e vespas. O trabalho com a terra ficou para minha mãe, cujas mãos adoráveis, no fim do dia, estavam ressecadas, grossas e vermelhas depois de muitas horas nos campos.

No ano em que o meu irmão nasceu, um incêndio reduziu os campos do Sul a cinzas. No ano seguinte, uma carta do governo anunciava que a maior parte da terra agora pertencia ao estado do Tennessee por causa de dívidas de impostos ignoradas e das multas. A casa ainda era nossa.

Naquele momento Clyde foi convocado e partiu para o Vietnã. Na manhã em que nos despedimos, minha mãe não resistiu e chorou, sua dor era tão cruel que tampei os ouvidos e estremeci. Seis meses depois, no inverno de 1971, ela recebeu uma carta.

"Sentimos muito em lhe informar que…"

Isso é memória.

O inverno e o som do vento golpeando as janelas. O ar gelado como um fantasma movimentando-se sobre as águas. Minha mãe escorregou lentamente até o chão, levando os joelhos até o queixo como uma garotinha, a cabeça sobre eles. Meu pai se apoiou no fogão elétrico quebrado, com as mãos contra o rosto.

Agora o governo é dono das árvores de noz-pecã. O que um dia pertenceu a minha família foi tomado. Pelo governo.

5

Nós viemos pelo caminho das memórias de nossas mães.

Quando Gigi tinha seis anos, a mãe dela a posicionou diante de um espelho. *Já estava quebrado*, Gigi contou. Imagino que deveria ser um sinal. *Um maldito espelho quebrado e minha mãe louca fazendo promessas.*

Esses olhos, a mãe dela disse, *eram os olhos da bisavó. Tinha vindo da Carolina do Sul, filha de um chinês com uma negra de pele clara.* Gigi a encarou, a delicadeza de seus olhos, o castanho intenso. *O cabelo também*, a mãe dela disse, erguendo as tranças de Gigi. *Pesado e grosso como o dela.*

A única maldição que você carrega, a mãe continuou, *é a pele escura que herdou de mim. Você precisa encontrar um jeito de superar essa cor. Você tem de encontrar uma orientação para escapar dela. Mantenha-se na sombra. Não deixe que sua cor fique mais escura do que já é. Também não tome café.*

Quando finalmente nos tornamos amigas, quando as quatro confiavam umas nas outras o suficiente para permitir que o mundo à nossa volta recebesse nossas palavras, sussurrávamos segredos, bem juntinhas, lado a lado ou sentadas de pernas cruzadas em nosso novo círculo bem fechado. Abríamos nossa boca e deixávamos as histórias que queimavam nossas entranhas quase até as cinzas expandirem-se para fora de nós.

É escura, Gigi reconheceu. *Mas há vermelho, azul e dourado nela. Observo meus braços às vezes e penso em braços finos de um monstro.* Levantou os braços delgados em direção à luz, a cabeça voltada para o alto, as tranças grossas ao longo das costas. *E às vezes me parecem terrivelmente bonitos. Eu nem sequer sei o que é a verdade.*

Nós a rodeamos, desfazendo as tranças até seus cabelos se soltarem em cachos negros e lhe caírem sobre os ombros, então o trançamos e destrançamos novamente, dizendo quanto ela era sortuda por ter um cabelo ondulado tão grosso e olhos de menina chinesa.

Quando eu for atriz, Gigi disse, *estarei em todos os lugares — na TV, no cinema, no palco. Quem é ela? Quem é ela?*

Quando não vacilava em torno da dúvida, a voz dela era grave e firme, e queríamos aquilo também — *Quem é ela? Quem é ela?*, nós repetíamos rindo, nossas mãos na cabeça dela, em seus cabelos. *É a grande estrela Gigi. A boneca chinesa de chocolate!*

O que continua nos mantendo aqui? Gigi perguntou um dia, a chuva caía pesada, a camiseta dela rasgada no ombro. Não sabíamos que durante semanas o portão do prédio estava arrombado e a fechadura não trancava. Não sabíamos do soldado que dormia atrás da escada escura que dava no porão, como ele esperava por ela nas sombras. Tínhamos doze anos.

Não posso contar a ninguém além de vocês, meninas, Gigi desabafou. *Minha mãe vai dizer que a culpa foi minha.*

***

Nós torcíamos as longas tranças para cima, numa coroa, usávamos óleo e um pente para arrumar os finos cabelos de bebê sobre a sua testa. Umedecíamos nossos dedos na língua e alisávamos suas sobrancelhas. Queríamos que ela soubesse que seu eu ferido ainda era bonito. *Não foi sua culpa*, dizíamos e repetíamos várias vezes. *Podemos matá-lo*, dizíamos.

Sentávamos na cama de Sylvia, cada uma contava as mudanças pelas quais passávamos, correndo pelos quarteirões até o Poncho para comprar pequenas caixas de lâminas de barbear Gillette, e então ficávamos à tarde treinando como Gigi as seguraria quando ela cortasse o soldado. Havíamos ouvido que Pam Grier tinha escondido algumas lâminas em seu cabelo em *Coffy* e imaginávamos Gigi puxando as lâminas de suas tranças assim que o soldado saísse da escuridão.

Nós quatro sempre estaremos juntas, certo?, Gigi perguntava.

É claro, dizíamos. *Você sabe que isso é verdade*, dizíamos. *Irmãs*, dizíamos. Repetíamos: *Sempre*.

No entanto, quando o soldado finalmente surgiu nas escadas dos fundos do prédio de Gigi, ele não estava com uma lâmina atravessada no pescoço, mas com uma seringa pingando, cravada na mão direita. Estava morto havia três dias quando fora encontrado pelo zelador.

—

A pele de Angela era tão clara que era possível ver as veias azuladas pulsando. Ela tinha visto Josephine Baker e Lena Horne e Twyla Tharp na televisão. Toda vez que ouvia uma música bacana, ela se movimentava como água a fluir, e a observávamos, a respiração presa na garganta, a tristeza tão profunda em seu corpo que não fazíamos ideia do que era aquilo ou do que significava ou de como tinha ido parar ali. Era toda músculos e tendões. Nas tardes de sábado, ela aparecia em nossa rua com sua bolsa da escola de dança Joe Wilson, seu colante preto e as meias-calças malcheirosas que exalavam suor. *Minha mãe era uma dançarina*, ela nos contou, e logo ficou em silêncio.

Ela ainda dança?, perguntamos. Mas Angela se afastou. Deu de ombros. *Por que vocês precisam se meter nos meus assuntos?*, retrucou. *Mais ou menos*, ela disse. *Droga, por que tudo precisa ser tão complicado, sabe?* Ela enfiou o rosto nos cabelos de Gigi e o sacudiu até chorar. Dissemos: *Nós te amamos, Angela*. Dissemos: *Você é tão linda*. Dissemos: *Apenas continue dançando. É isso.*

Tentávamos entender sem fazer perguntas se Mãe mais Dança era igual a Tristeza. Esperávamos que suas mãos se fechassem em punho. No quarto rosa de Sylvia, deitávamos e pressionávamos os ouvidos contra seu peito magro, ouvindo seu coração acelerar. *Angela, o que é isso?*, implorávamos. *Conta pra gente. Por favor, conta pra gente. Nós temos lâminas*, dizíamos. *Podemos cortar alguém.*

Tínhamos lâminas de barbear em nossas meias de cano alto e estávamos deixando as unhas crescer. Aprendíamos a andar pelas ruas do Brooklyn como se sempre tivéssemos feito parte delas — falando alto, rindo mais alto ainda.

No entanto, o Brooklyn tinha garras mais longas e lâminas mais afiadas. Qualquer soldado desesperado ou criança faminta de joelhos sujos poderia ter dito isso para gente.

—

Queria entrar na pele de Sylvia. Debaixo do acobreado adocicado havia algo brilhante, cravejado de diamantes. Quando caminhávamos, Angela, Gigi e eu disputávamos para andar de braços dados com Sylvia. Ela estendia as mãos e nos apressávamos em lhe dar as nossas, entrelaçando nossos dedos desesperadamente com os dela. Tinha olhos amendoados e a boca carnuda, uma beleza inusitada. Contudo, a dela era de dentes alinhados e lábios cheios, olhos verdes e frescos. Muito antes de sermos adolescentes, a voz dela era grave e profunda, voz de mulher em uma menina. Ainda assim, não eram a pele ou os olhos ou a voz que eu queria. Eu simplesmente queria *ser* Sylvia, andar pelo mundo como ela andava, ver as coisas através dos seus olhos. *Aquela garota está rindo da gente*, meu irmão perguntou da primeira vez. E agora eu sabia que Sylvia estava *gargalhando* da gente porque ela ria de todo mundo. Do mesmo jeito como tinha rido quando seu pai disse: *Nós estamos indo para os Estados Unidos*, seu inglês truncado era uma piada para ela, a boca como a de uma marionete movimentando-se entre palavras recém-aprendidas. *Para sempre.*

O que tem nos Estados Unidos, ela lhe perguntou. *Esse tal de Estados Unidos que você fala e fala sem parar.*

Com quatro anos, Sylvia lia livros recomendados para a irmã mais velha de oito anos. Com cinco, fizeram com que ela ficasse depois do horário da escola com crianças de dez, resolvendo problemas com divisões por dois dígitos, pesquisando a origem das palavras em latim. Enquanto seu pai citava filósofos franceses, Sylvia ficava diante de suas bonecas, perguntando a seu júri impassível se elas poderiam examinar atentamente o coração de seu cliente e enxergar a inocência dele.

Meu pai dizia estude Direito primeiro, Sylvia nos contou. *Então pode fazer o que ama depois disso.*

Quando perguntávamos: *O que você ama?* Sylvia olhava ao redor para seu quarto perfeito cor-de-rosa e dizia: *Eu não mando em mim. Como eu poderia saber.*

—

Talvez seja assim que tenha acontecido pela primeira vez para nós — adultos nos prometendo seu próprio futuro fracassado. Era inteligente o suficiente para dar aulas, meu pai dizia, mesmo que meu sonho de estar na pele de Sylvia incluísse ser advogada algum dia. A mãe de Angela resguardou-a com o sonho dela de dançar. E Gigi, capaz de imitar todas nós, podia se disfarçar de qualquer um que ela quisesse ser, fechar os olhos e desaparecer. Fechar os olhos e estar em *qualquer lugar.*

6

Em 1968, as crianças de Biafra estavam morrendo de fome. Meu irmão ainda não tinha nascido e eu era muito pequena para entender o que significava ser uma criança, nascer em Biafra, passar fome. Biafra era um país que só existia nas advertências da minha mãe — *Coma suas ervilhas, há crianças passando fome em Biafra* — e nas crianças de pele escura, olhares vazios e barriga inchada em movimento na tela da televisão dos meus pais. No entanto, muito antes de Biafra ser incorporada à Nigéria, país do qual tinha lutado tanto para se separar, o rosto e a barriga inchada daquelas crianças me aterrorizavam. Em uma pilha de revistas antigas que meu pai mantinha na cozinha da nossa casa no Brooklyn, encontrei um exemplar da *Life* com duas crianças na capa que eu não sabia dizer se eram meninos ou meninas, e as palavras CRIANÇAS FAMINTAS DA GUERRA DE BIAFRA se destacavam contra a roupa branca esfarrapada da criança maior.

Como sonhamos nossa vida além disso?

Eu encarava a capa da revista *Life*. As crianças me encaravam com olhos desconfiados, grandes demais para a cabeça negra pequena, pequena demais para os ossos aparentes e a barriga inchada. Minha mãe não tinha mentido. Realmente havia crianças sofrendo. Aqui estava uma prova. Aqui estavam elas na capa na revista *Life*. Passei horas acariciando a cabeça delas quase careca, passando meus dedos por seus rostos quase místicos. Se anjos realmente existem, pensei, eles tinham vindo à terra como crianças de Biafra, assombrando apenas metade do caminho até aqui.

Não, não éramos pobres desse jeito. Nossa barriga estava cheia e estufada. Nossas pernas eram finas, mas musculosas. Nossos cabelos limpos, hidratados.

Mas ainda assim.

—

Certo dia uma mulher de tailleur azul-celeste apareceu na frente do nosso prédio. Estava com duas crianças pequenas, a pele escura como a de Jennie e mais novas que meu irmão, que havia acabado de fazer oito anos. *Meus bebês*, nós ouvimos Jennie gritar enquanto descia as escadas. *Ay, Dios mío, mis niños han llegado a casa.* Quando a mulher foi embora de vez, Jennie bateu à nossa porta. *Por favor, fique de olho neles*, sussurrou. *Vou buscar comida.*

As crianças eram pequenas e quietas, e olhavam para meu irmão de baixo para cima com seus olhos escuros enormes. A menina devia ter quatro anos e o menino ainda não tinha dois. Usava um vestido de babado cor-de-rosa pequeno e curto demais. Os sapatos eram de couro envernizado, os pés estavam sem meias. O menino vestia uma camiseta e um shorts feito de uma calça cortada, uma fralda volumosa. Os tênis dele de cano alto de bebê tinham a frente cortada para expor os dedos do pé sobrando. Levei-os para dentro do nosso apartamento e fechei a porta. Instantes depois de terem entrado, começaram a chorar. Meu irmão ofereceu a eles o saco de batata chips, que devoraram com apetite. Demos maçãs e nozes a eles, fatias de mortadela e gelatina. O que colocássemos diante deles, comiam.

***

Horas se passaram. Quando Jennie finalmente voltou, tinha os olhos sonolentos, coçava os braços e as pernas, a peruca estava em uma posição estranha. Vimos ela entrar no prédio, esperamos que subisse até nosso andar. Depois de um longo intervalo, pegamos as crianças e descemos até o apartamento dela, observamos Jennie os colocar para dentro sem prestar muita atenção e fechar a porta. Mais tarde, podíamos ouvir o choro deles vindo de baixo.

Fui ao rádio e aumentei o volume até que a música encobrisse todos os outros sons.

7

Naquele ano, todas as canções faziam referência a algo da nossa história. Amontoávamo-nos ao redor do radinho no quarto de Sylvia e ouvíamos. Quando a mãe de Gigi não estava em casa, íamos para lá depois da aula, esperávamos Gigi abrir a porta com a chave que usava pendurada no pescoço. Não havia sofá na quitinete, então nos sentávamos no chão ao redor de seu toca-discos Close'N Play — o volume baixo. Inclinávamo-nos para ouvir enquanto Al Green nos pedia para deitarmos nossa cabeça no travesseiro e Tavares falava para lembrarmos do que havia dito para esquecer. E Minnie Riperton e Sylvia atingiam notas tão altas e longas que o mundo parecia estar no fim.

O mundo *estava* no fim. Tínhamos sido meninas, dançando pelo apartamento da mãe de Gigi com botas brancas envernizadas de cano alto várias e várias e várias vezes.

Pequenos fragmentos do Brooklyn começaram a desabar. Revelando *a gente*.

Invejávamos os cabelos, a bunda, o nariz umas das outras. Emprestávamos nossas roupas e dividíamos sanduíches. Em certos dias ríamos até o refrigerante sair pelo nariz e os soluços surgirem em nossa barriga.

Quando os rapazes chamavam nossos nomes, nós dizíamos: *Nem ouse dizer o meu nome. Não quero ele em sua boca.* Quando diziam: *Vocês são feias mesmo*, sabíamos que estavam mentindo. Quando gritavam: *Convencidas!*, dizíamos: *Não — confiantes!* Víamos eles passearem com seus cachorros sem saber como responder para a gente. Nós quatro, juntas, éramos algo que eles não conseguiam entender. Entendiam garotas solitárias, com os braços cruzados sobre o peito, suplicando pela invisibilidade.

—

Aos oito, nove, dez, onze, doze, sabíamos que éramos observadas.

No momento precavíamos umas as outras sobre o sapateiro na avenida Gates; o velho que nos lembrava Gepetto deixava que você esperasse no banco duro de madeira na loja pequena para que pudesse observar suas pernas e pés descalços. *Leve alguém com você*, dizíamos. *Não use vestido quando for lá. Ele vai oferecer um trocado para ver sua calcinha.*

Quando não estávamos praticando andar de salto alto com os sapatos da mãe da Gigi, éramos meninas que usavam tênis com cadarço Mary Janes. Quando os saltos ficavam gastos e as solas se soltavam, davam-nos um dólar e nos mandavam para a avenida Gates. *Só um pouquinho*, o homem dizia. *Por favor*, a moeda segura e cintilante entre o indicador e o polegar dele enquanto balançávamos a cabeça *Não* e lágrimas de constrangimento, que ainda não entendíamos, rompiam.

O pastor da minha igreja surge atrás de mim, às vezes quando estou cantando no coral, Gigi contou. *Consigo sentir a coisa dele em minhas costas. Não cantem no coro da igreja. Ou, se vocês cantarem, vão para outro lugar enquanto estiverem cantando.* E ela sussurrou como era a soberana dos outros lugares. *Fecho os olhos e bum, desapareço. Aprendi com a minha mãe*, ela nos contou. *Tantos dias em que se olha nos olhos da mulher e ela não está presente.*

No entanto, quando está, disse Gigi, *ela me lembra de ir para Hollywood. Diz que lá eu estarei a salvo.*

Não sabíamos como indagar: *A salvo de quê? De quem?* Pensávamos que saberíamos.

Prometemos que ela seria mais famosa do que qualquer uma. Dissemos que nenhuma outra garota negra tinha os olhos exóticos e seus cabelos insanamente longos. Acreditávamos em nós mesmas quando dizíamos: *É isso o que Hollywood quer*, e *Mal posso esperar para ver você na televisão*, e *Vai ser mais famosa do que Diahann Carroll.*

Não confie nos homens no púlpito, Sylvia a aconselhou, *se você for a única mulher de fé.*

Ao começar a cantar "Just Like Tom Thumb's Blues" com Nina Simone, nossa garganta pulsava, pressionávamos os dentes. Sylvia vivia profundamente naquelas notas, meio escondida de todas nós. *They got some hungry women there and man, they really make a mess out of you...**

Você tem que ser cantora, nós dizíamos. *Tem que ser!*

Depois da faculdade de Direito, Sylvia dizia.

Tentávamos segurar a onda. Jogávamos truco e sueca em duplas. Ficávamos no encalço do caminhão de sorvete pelo quarteirão,

---

* "Eles têm algumas mulheres famintas lá e cara, elas realmente zoam com você".

acenando com as mãos cheias de trocados. Pulávamos sobre troncos como rãs, empurrávamos umas às outras nos hidrantes esguichando água, aprendíamos a dançar Loose Booty, Sly e Family Stone, incitadas por Van McCoy. Comprávamos camisetas com nosso nome e signos do zodíaco em letras impressas com transfer.

Mas ainda assim, conforme deslizávamos cada vez mais nos doze anos, nossos seios e bunda se desenvolviam. Nossas pernas se alongavam. Algo no delineado de nossos lábios e no gingado de nossa mente sugeria aos desconhecidos mais do que compreendíamos. Então, quando íamos para os treze, caminhávamos pela nossa vizinhança como se a dominássemos. *Nem olhem pra gente*, dizíamos aos garotos, as mãos na frente do rosto. *Olha pra lá, olha pra lá, olha pra lá!*

Fingíamos acreditar que poderíamos soltar os braços e caminhar pelas ruas sozinhas. Mas sabíamos que estávamos sendo falsas. Havia homens nas entradas, virando as esquinas, atrás das cortinas das janelas, esperando para nos agarrar, nos apalpar, abrir a calça e pedir que déssemos uma olhadinha.

Fazia muito tínhamos perdido nossas lâminas de barbear e nenhuma de nós tinha parado realmente de roer as unhas. Mas ainda assim...

I and I and I and I, nós cantávamos. *We and we and we and we.*

Batíamos palmas cantando *Down down baby, down by the roller coaster. Sweet, sweet baby, I'ma never let you go*** porque que-

---

* Referência à canção "I 'n' I Dub" do grupo de reggae The Abyssinians. [N.T.]
** Canção popular associada a uma brincadeira em que as crianças cantam e batem as mãos. [N.T.]

ríamos acreditar que estávamos a anos de distância de doces bebês queridos. Queríamos acreditar que sempre estaríamos ligadas desse jeito. Sylvia, Gigi e Angela tinham se movido da ponta da minha unha mais comprida, subindo pelo meu braço. Anos se passaram sem que eu ouvisse a voz da minha mãe. Quando aparecesse novamente, apresentaria minhas amigas a ela. Eu diria: *Você estava errada, mamãe. Veja como nos abraçamos. Veja como rimos. Veja como começamos e terminamos uma na outra.*

Eu diria: *Você consegue ver isso, mamãe? Consegue?*

Um dos meninos do nosso bairro, agora um homem, andava pelas ruas com o uniforme do Exército, sem braços. Tinha aprendido como segurar uma seringa entre os dentes e usar a língua para injetar a droga nas veias próximas da axila.

Meu irmão e eu o observávamos à noite da nossa janela, vendo a cabeça dele pender como um pássaro que se bica debaixo da própria asa.

Nunca use drogas, meu irmão me dizia.

Você também.

Eu não, meu irmão respondia.

Acordávamos, meu irmão e eu, com o som de mais uma casa em chamas em algum lugar distante demais para podermos ver, e ele dizia que talvez se tornasse bombeiro algum dia. Ou astronauta. Ou cientista, policial, baterista em uma banda de rock, fazendeiro.

Um fazendeiro. Porque no passado em SweetGrove havia uma fazenda.

***

Via meu irmão observar o mundo, sua perspicácia, seu cenho forte, tão sério, tanta angústia e admiração. Para onde quer que olhássemos, víamos pessoas tentando sonhar outros caminhos. Como se houvesse algum lugar além desse. Como se houvesse um outro Brooklyn.

Augusta, meu irmão dizia e repetia e repetia. *Olha lá. E ali. E lá.*

Ainda compartilhávamos um quarto em nosso apartamento, nossas camas idênticas a apenas quinze centímetros de distância. Procurávamos um pelo outro assim que acordávamos. *Ei,* dizíamos. *Ei, você. Eia é para cavalos. Te amo. Também te amo,* sussurrávamos toda noite antes de fecharmos os olhos. Esticávamos os braços e dávamos as mãos entre as camas, os dedos entrelaçados, as mãos ficando suadas na escuridão. Nós nos segurávamos.

O que tem nesse pote, papai?

Você sabe o que tem no pote.

Você disse que são cinzas. Mas de quem?

Você sabe de quem.

Do Clyde?

Enterramos o Clyde.

Minhas?

Isso é memória.

8

Foi naquele verão que aconteceram os apagões em Nova York e as pessoas saquearam as lojas na Broadway, então passeavam pela nossa vizinhança em conversíveis, com a capota arriada, segurando caixas de sapatos e televisores e casacos de pele penhorados sobre a cabeça. Meu irmão e eu observávamos pela janela. Meu pai dizia e repetia: *As ruas são perigosas demais para qualquer um que tenha a cabeça no lugar.* Acendíamos velas, esquentávamos latas de SpaghettiOs no forno, a comida na geladeira estragando enquanto nosso pai ia em busca de sacos de gelo nas lojas do bairro. Se Biafra e o Vietnã eram mais perigosos do que meu irmão e eu entendíamos, o blecaute parecia o fim do mundo. Ouvíamos as sirenes durante a noite, víamos os saqueadores segurando as caixas roubadas, gritando os preços. Pela manhã, nosso pai só nos deixava ir até o portão da frente, onde víamos uma velha com os braços cheios de roupas recém-lavadas roubadas subindo o quarteirão, o plástico reluzente, o sorriso largo dela quase sem dentes. Vimos dois garotos dividindo um par de patins novos, um deles ainda carregava a caixa debaixo do braço. Vimos adolescentes correndo em direção à Broadway e perguntamos e perguntamos e perguntamos se podíamos ir. *Isso é roubo*, meu pai dizia. *Nós não roubamos.*

Durante anos tínhamos ouvido que os donos de lojas da Broadway eram brancos e viviam em casas chiques em lugares como Brentwood, Rego Park, Laurelton. Sabíamos que financiamento significava assistir aos vizinhos jogarem sofás quebrados e colchões destruídos nos becos entre as casas muito antes de terminar de pagá-los. Então, enquanto assistíamos aos saqueadores passando pela vizinhança vendendo TVs e rádios e sapatos e lavadoras de roupa que subtraíram de vitrines violadas de lojas, meu irmão e eu sentíamos um desejo de participar dessa debandada de coisas gratuitas pela Broadway. Ainda assim, meu pai nos alertou para que não fôssemos além do portão. E ele falava sério.

Aquele foi o verão em que parques e escolas distribuíam almoços grátis — saco de papel marrom com sanduíches de mortadela e sucos de laranja açucarados em copos tampados. Observávamos as crianças famintas fazerem fila no calor, aguardando pela comida, esperando que um vizinho fosse voluntário para oferecer discretamente um saco extra. Nos dias quentes no apartamento sem geladeira, com meu pai sem dinheiro porque havia perdido o emprego na Abraham & Straus, meu irmão e eu ficávamos em uma fila que contornava o parque cercada de correntes, enquanto caminhávamos lentamente. Eu procurava por Sylvia, Angela e Gigi — apreensiva em vê-las esfomeadas e calorentas como a gente. Estendendo as mãos para apanhar os sacos de papel com mãos tímidas e escuras.

Os brancos remanescentes começaram a desvanecer. Não sabíamos o nome da senhora alemã. Ela tinha cabelos brancos, curtos e volumosos, com filhos adultos que costumavam vir com os filhos, aos domingos. As crianças, três meninos, não brincavam com a gente. No verão, sentavam-se na escada na entrada do prédio da avó, com as camisas de botão e cabelo com corte militar assistindo às crianças negras rodarem piões de madeira enrolados em cordões cinza. Os pais deles usavam os mesmos cortes de cabelo, as mesmas camisas em tons pastel. No fim da tarde, quando os pais surgiam no alto da escada, os meninos corados se levantavam e se dirigiam a peruas iguais, estacionadas uma após a outra sobre a calçada. À medida que os veículos partiam, os meninos nos encaravam. Às vezes o mais novo deles acenava.

Os meninos negros que iam para a calçada esperavam os carros passarem e corriam novamente para o meio da rua, retomando a brincadeira. Contudo, agora que os meninos pálidos tinham ido embora, era difícil não ver os meninos de pele escura de um jeito diferente, com seus shorts cortados e camisetas brancas encardidas, joelhos encardidos, seus piões de madeira lascados que giravam violentamente.

Não conhecíamos a família italiana ou as irmãs que se vestiam idênticas e saíam cedo do prédio onde moravam, puxando carrinhos de feira iguais, voltando toda noite com bolsas A&P. Não conhecíamos o homem que repreendia os meninos na rua em uma língua que nenhum deles entendia, ou a família ruiva de cabelos encaracolados com a mãe que sempre parecia ter acabado de chorar.

No entanto, reconhecíamos os caminhões de mudança deles. Conhecíamos seus carros. Conhecíamos as pessoas que vinham ajudar, conferiam seus carros várias vezes, daí encaravam os meninos na rua com cara feia. Sabíamos que os tacos para jogos de stickball não eram armas. Sabíamos que a ponta de metal dos piões não era para ferir ninguém além de outros piões. Sabíamos que as canções que os meninos cantavam *Ungawa, Black Power. Destroy! White boy!** eram apenas canções, não pretendendo expulsar os brancos do nosso bairro.

---

* "Ungawa" era uma palavra usada pelo personagem Tarzan para se comunicar com os animais. A canção é "Ungawa, poder negro! Destrua! Menino branco!". [N. T]

***

Ainda assim, eles fugiam.

Escapavam dirigindo seus carros. Fugiam nos bancos de passageiro dos carros dos filhos e filhas. Fugiam pregando cartazes de VENDE-SE em suas casas, mas partiam antes de os imóveis serem vendidos. Alugavam para mães solteiras e viciados, porto-riquenhos e negros, qualquer um que tivesse o dinheiro do depósito, do primeiro mês de aluguel e uma promessa de emprego em algum lugar. Colocavam colchões e mesas de pés quebrados e livros velhos no meio da rua.

Os carros e vans e caminhões deles dispersavam os meninos negros, davam seta à direita na esquina e deixavam nosso bairro para sempre.

—

Meu irmão descobriu a matemática, o deslumbramento com os números, a certeza de possibilidade infinita. Sentava em sua cama quase todo dia e resolvia problemas que nenhum menino de oito anos compreenderia. *O quadrado*, ele dizia, *é absoluto. Ninguém no mundo pode discutir com a álgebra ou a geometria. Ninguém pode dizer que pi está errado.*

Vem comigo, eu implorava.

Mas meu irmão levantava o olhar dos números e dizia: *Ela se foi, Augusta. É absoluto.*

—

No fim do outono, a mulher voltou em busca dos filhos de Jennie. Levou o caçula nos braços, a mais velha saltitava na frente, sem olhar para trás, o bebê gritava.

***

O que está acontecendo?, meu pai perguntou.

Estão levando os filhos da Jennie.

Havia passado óleo e trançado o cabelo da mais velha. Três tranças grossas rentes ao couro cabeludo, amarradas com uma fita azul Goody. Tinha oferecido a eles cereal e sanduíches de pastrami, papa de fubá e ovos. Passei vaselina nos braços e nas pernas deles, usei um pano umedecido para limpar o leite dos lábios e as remelas dos seus olhos. Tinha lido e cantado para eles, umedeci papel higiênico para tirar as melecas do nariz. Quando a menina sorria, os dentes eram surpreendentemente brancos.

Com a fita do cabelo já perdida, a menina saltitava virando a esquina e desaparecendo. Muito tempo depois de terem sumido, meu irmão jurou ter ouvido o bebê chorar.

—

Imaginava a mulher que meu pai trouxera para casa assumindo o lugar de minha mãe até ela voltar. Cada *Shhh, meus filhos estão dormindo.* Cada *Ó, meu Deus, veja como essas crianças são preciosas!* trazia-a mais para perto. Deitava-me na cama e ouvia o tilintar do gelo nos copos e as risadas abafadas, não resistindo aos bocejos e resmungos. Imaginava acordar com a presença de uma nova mulher, os cabelos com bobes, segurando o robe fechado, perguntando se eu queria panquecas ou cereal, vasculhando o armário em busca do xarope Tia Jemima, salpicando um pouco de canela e açúcar quando estivesse pronto. Imaginei mãos fortes, seguras, puxando meus cabelos em tranças apertadas, mandando meu irmão tirar o dedo da boca, beijando meu pai nos lábios antes de ele sair para trabalhar.

***

Imaginei nós quatro à mesa da cozinha, o cheiro intenso de tripas de porco cozidas desaparecendo, sendo substituído pelo molho apimentado e arroz branco, e ela perguntando se eu queria muito ou pouco, e que tinha vindo para ficar até que minha mãe voltasse.

Anos mais tarde, eu contaria para irmã Sonja, com a intenção de que ela soubesse que tinha sonhado com toda família unida outra vez. Que acreditava que a totalidade tivesse sua própria forma.

—

No balcão da loja do Poncho, em um pote, havia pés de porco em conserva que ele servia em uma colher no papel. Se você dizia: *Quero escolher o meu*, Poncho dizia: *Nada de escolher! Eu escolho!*, os velhos olhos dele deslizavam pelo corpo da gente. E, caso estivesse faminta, você deixava.

Imaginava nós quatro — o irmão, o pai, a nova mulher, eu — absorvendo até a última carne do pé de porco, embrulhando a cartilagem e o osso no papel, tomando Dr. Pepper para ajudar a engolir.

Torresmo era embalado e vendido por quinze centavos. Com molho apimentado regado na embalagem de plástico, era quase um almoço. Meu irmão comia o dele sem molho, às vezes apenas com um pouco mais de sal.

Nos bons dias, nosso pai nos levava pelo bairro e nos deixava comprar sanduíches de queijo e presunto, o presunto cozido picado em fatias finas colocado sobre o pão italiano já coberto por uma grossa camada de maionese. Às vezes meu irmão preferia pedaços de presunto temperado em cubinhos com suas pequenas partículas de gordura.

Isso foi antes.

A mulher que veio não entrava em nosso quarto no meio da noite na ponta dos pés, não pedia *apenas um golinho* quando meu pai oferecia o uísque dele, não se sentava conosco para comer pé de porco e presunto apimentado. Vinha pela Nação do Islã, a cabeça coberta, seu vestido escuro chegando até os tornozelos. Disse: *Meu nome é irmã Loretta*, o corpo dela era um templo, coberto e distante do de meu pai, o rosto afilado livre de toda a maquiagem obscena com que as mulheres descrentes pintam a cara. Dizia: *Eu sei quanto sou incrível e adorável.* Quando ela nos olhava de cima e sorria, seu semblante carrancudo se desmanchava de modo aberto, ávido e singelo.

Ela dizia: *Seu pai está pronto para mudar a vida dele. A comida que você come é um plano do diabo branco para matar o nosso povo.*

Chegou ao nosso apartamento em uma manhã de domingo, pegou potes e panelas empoeirados no armário para lavá-los com água morna e sabão, cantarolando suavemente enquanto trabalhava, meu pai à mesa lendo o Alcorão, a luz do sol marejada do Brooklyn se derramando sobre as páginas. As mãos dela eram grandes e se moviam como se sempre tivessem conhecido nossa pequena cozinha com a pia amarelada e a bancada de linóleo descascando. Observava as mãos dela imaginando que fossem as de minha mãe e que estávamos novamente em SweetGrove com nosso fogão quebrado e prateleiras empoeiradas. Eu me sentei à porta da cozinha, os joelhos encostados no queixo, o olhar em sua direção. Os seios dela pesavam debaixo do vestido escuro, mas não era uma mulher robusta. Ainda assim, o corpo dela parecia conter a promessa de curvas, de áreas profundas e macias que eu apenas começava a conhecer. Um dia eu terei seios desenvolvidos, quadris e mãos grandes. Um dia, sob o tecido de minhas roupas, meu corpo contará histórias ao mundo.

—

Irmã Loretta fez feijão-branco e lasanha de berinjela para a gente. Disse que não comeríamos mais couve e feijão-verde, e meu irmão disse: *Tô de boa com isso*, porque estávamos aprendendo o vocabulário das ruas. Ela nos puxou, encarou-nos e disse que aquele linguajar poderia nos manter mal-educados e no gueto. Acreditamos nela e apenas sussurrávamos gírias quando não estava por perto. Quando ela tocava a campainha, eu descia a escada de dois em dois degraus para ser a primeira a vê-la. Abraçava-me rapidamente, então me afastava, dizendo que havia muito trabalho a fazer. As sacolas de amendoins crus que meu pai trazia para casa a fim de cozinhar e salgar desapareceram. Nossos queridos sanduíches de presunto cozido e temperado, nossas batatas-doces e inglesas, tudo se foi. *O veneno do demônio branco*, ela dizia. *A carne do demônio*, ela dizia. *Comida de escravo*, ela dizia. *E não somos mais escravos de ninguém*. Seguidora do caminho do honorável Elijah Muhammad, mensageiro de Alá. Dizia que Alá era bom, e, quando nós falávamos *Deus é branco porque seu filho é Jesus*, ela balançava a cabeça, olhava ao redor para a camada de pó que cobria tudo no apartamento, e balançava a cabeça outra vez. *Acho que posso lidar com isso se for o que Alá planejou para mim*.

Ela vinha durante o dia, esfregão e balde na mão, e mostrava-me como vestir as luvas amarelas de borracha. Juntas vencíamos a sujeira escura acumulada entre as frestas enquanto eu contava a ela as histórias de SweetGrove, como minha mãe era bonita quando caminhava pela floresta em direção à água. *Eu costumava caminhar com ela*, disse, ouvindo novamente o som das agulhas dos pinheiros estalando sob os nossos pés.

Você iria gostar de SweetGrove, eu disse. Muito mais calmo que aqui.

Com Alá tudo está em seu lugar, disse irmã Loretta. *Com Alá é possível ter alegria outra vez.*

Ajoelhávamo-nos juntas ao lado de um balde de água com Clorox, escovas rígidas circulando o linóleo até que um verde--claro fosse substituído pelas extremidades marrons do piso da cozinha. No fim da tarde, abríamos nossos tapetes de oração e ajoelhávamos mais uma vez em direção a Meca.

Bem como irmã Loretta nos prometeu, Alá nos curou. O quelóide que lembrava uma lagarta se movendo do punho até o alto do antebraço do meu irmão esmaeceu num marrom-avermelhado. Ele tinha orgulho da cicatriz, levantando o braço, a mão com o punho fechado como um novo Huey Newton.*

Poderia ter sido pior, os irmãos da Nação do Islã disseram ao meu pai. Alá prevaleceu. Os cacos de vidro poderiam ter machucado os outros lá embaixo. Uma veia poderia ter sido atingida. Meu irmão poderia ter perdido o braço. Meu pai poderia ter escolhido aquela tarde para dar uma longa caminhada pelo bairro, talvez parado para tomar uma bebida depois do trabalho.

---

* Huey Newton (1942-89) foi um dos fundadores dos Panteras Negras, organização política que lutava pela igualdade racial nos Estados Unidos. [N. E.]

Vivíamos nessas histórias pretéritas. A lembrança do pesadelo do braço do meu irmão cheio de pontos. Minha mãe com a faca debaixo do travesseiro. Um diabo branco que não podíamos ver, dentro do nosso corpo, sendo digerido lentamente. E enfim, irmã Loretta vestida como uma freira voadora sem asas, descendo dos céus para nos salvar.

—

As crianças de Biafra se perderam entre as novas imagens de crianças passando fome nos becos de Chicago, Los Angeles, Nova York. Víamos TV, assistíamos às câmeras do jornal que davam panorâmicas nos bairros e, depois, close nas crianças que encaravam ao redor, questionadoras e famintas. Em Nova York, as câmeras encontraram gangues porto-riquenhas de rua que desdenhavam e lutavam, enquanto um homem taciturno nos alertava sobre quanto eles eram perigosos. Na janela, meu irmão e eu procurávamos pelas câmeras em nosso quarteirão.

—

Enquanto meu irmão e eu limpávamos as portas de madeira dos armários e políamos as maçanetas de vidro, irmã Loretta cozinhava para nós tortas de feijão e vieiras com nabos gratinados com molho de queijo, beterrabas com calda de laranja, arroz com curry, carne de panela e aspargos. Ela vinha no fim da tarde com um frango que tinha comprado no açougueiro kasher e nos dizia que apenas os judeus e o povo de Alá sabiam como comer para viver. Chamávamos ela de Mamãe Irmã Loretta quando nos esquecíamos que nossa verdadeira mãe voltaria em breve, e implorávamos para ela tirar o hijab para que pudéssemos ver o seu cabelo. Depois de procurar por indícios do meu pai e não encontrar, ela puxou o tecido preto para nos mostrar o que havia de natural e vivo e curto por baixo dele. Ela trançava meu cabelo, então cobria a minha cabeça e me prometia que eu ia crescer e ser tão bonita quanto Lola Falana se eu comesse os alimentos certos, seguisse as mensagens de Elijah Muhammad, dedicasse todo o louvor a Alá e me mantivesse humilde. Então eu comprimia minhas pernas bem fechadas, vestia blusas largas sobre meus seios recém-crescidos e prometia a ela que permaneceria o ser sagrado que Alá criou. No entanto, estava mentindo.

De manhã cedo, ajoelhava-me em direção a Meca e rezava silenciosamente pela minha mãe — que voltaria para nós na escuridão, nos acordaria com beijos. Rezava para que meu cérebro, confuso com a memória, alcançasse uma clareza que me ajudasse a entender o que sentia quando pressionava meus lábios sobre os de meu novo namorado Jerome, suas mãos trêmulas buscando meu corpo. Sabia que estava perdida no mundo, observando-o e tentando entender por que geralmente estava fora do enquadramento — ou de tudo.

—

Irmã Loretta se tornou minha companheira de orações, nós duas juntas em um cômodo, separadas do meu irmão e meu pai. Honorável Elijah era o mensageiro escolhido de Deus. Éramos o povo escolhido de Alá, vivendo de modo limpo agora, com a cabeça coberta durante as preces, nosso corpo livre de alimentos que estavam nos matando, nosso coração e nossa mente voltados na direção de uma compreensão mais profunda.

Quando chegava a noite, ela ia embora.

Ainda assim...

Em Uganda, o povo baganda preparava uma cova para cada pessoa quando ainda eram crianças.

9

Eu me recusava a cobrir a cabeça em público. Recusava andar pelo mundo como uma mensageira dos ensinamentos de Alá, comia cachorro-quente e bacon quando estava com minhas amigas. As crenças muçulmanas abandonavam meu coração. Eu liberava espaço para algo mais promissor. *Vamos deixá-la se tornar quem ela quiser ser*, meu pai dizia. *Sim*, eu dizia. *Deixem-me ser quem sou.*

Era Mamãe Irmã Loretta quando nossa testa ardia em febre, quando nosso estômago roncava e nossa cabeça dolorida precisava de mãos macias que a acariciassem. Quando nos reuníamos em torno de tabuleiros de Banco Imobiliário e jogos de dama, e nos surpreendíamos rindo de suas histórias, implorávamos: *Conte mais uma, Mamãe Irmã Loretta*. Contudo, ela não era nossa mãe. Sabíamos disso.

No café da manhã, quando a rádio WWRL tocava Dorothy Moore cantando "Misty Blue", meu pai ficava calado sobre o prato, os olhos furtivos na janela, como se minha mãe fosse aparecer de repente, como um pássaro que pousasse no peitoril da janela. *Oh, faz tanto, tanto tempo. Até parece que eu ia parar de pensar em vocês.*

No entanto, minha mãe não apareceu. Imaginava-a louca, descabelada e de olhos perplexos agora, não a mulher que conhecemos antes de seu irmão fantasma voltar, a mulher que passava as blusas e esticava os lábios sobre os dentes para aplicar batom vermelho.

—

À noite, eu cobria a cabeça e ajoelhava isolada, o apartamento quieto, meu irmão e meu pai na mesquita onde rezavam juntos, separados das mulheres. Pressionava minha testa contra o chão, os braços estendidos acima. Seríamos mulheres um dia, Sylvia, Angela, Gigi e eu. Não haveria um mundo por onde caminharmos, braços dados, a orelha recostada na coxa em uma tarde dedicada a pentear os cabelos. Não haveria rostos encostados contra corações batendo, as dez, vinte, trinta, quarenta, cinquenta canções de pular corda dupla. Quando fôssemos mulheres, não haveria nada. Não poderíamos ser amigas, minha mãe disse. Não poderíamos confiar umas nas outras. E em todo o lugar para onde olhava, via o vidro estilhaçando na verdade.

—

Aos nove anos, Jerome olhou para o alto em direção à minha janela e piscou para mim de onde ele e seus amigos brincavam na rua. Não sabia como piscar de volta. Não sabia como olhar para o rosto escuro dele lá embaixo e enxergar uma promessa. Os mundos de SweetGrove e do Brooklyn ainda não tinham se fundido em um só. Muitos anos depois, quando ele pegou minha mão e disse: *Eu conheço você*, encarei o adolescente de pé ali e me lembrei de tantas coisas. *Um dia, eu e você vamos fazer aquilo*, ele disse. Aos doze, achava que garotos de dezesseis diziam isso para todas as garotas, então balancei a cabeça e disse: *O.k.* Naquele momento ele se inclinou e me beijou.

Quem poderia compreender quão aterrorizante e perfeito é ser beijada por um adolescente? Apenas suas amigas, eu pensei.

Somente suas amigas.

—

Sylvia era a caçula de quatro irmãs. Aulas de piano. Aulas de dança. Nas tardes de domingo, quando a família voltava da igreja, uma mulher francesa esperava pelas meninas na sala. *Vocês devem caminhar desse jeito*, dizia ela em francês. *Devem cruzar as pernas desse modo ao se sentarem. Este é o garfo para salada, a colher de sobremesa, a taça para vinho tinto.* Angela, Gigi e eu assistíamos da porta, paradas na entrada sob o olhar atento da mãe de Sylvia. Daí em diante não é lugar para vocês, a fisionomia da mulher transparecia. Mesmo aqui já é longe demais. Ouvíamos o tom nas palavras em francês que não entendíamos. Apinhadas à porta, não éramos mais belas e perdidas, mas esfarrapadas e feias, transfiguradas pela imagem composta pelo olhar da mãe dela.

Ainda assim, Sylvia nos implorava para ficar, implorava ao seu pai com um *Papá* de menininha, e então palavras francesas expressas como uma melodia.

Fotos das quatro garotas se enfileiravam em uma sala reservada apenas para se sentar. Havia uma mesa para beira de piscina no porão, uma geladeira que dispensava gelo. As duas irmãs mais velhas de Sylvia já tinham ido para, como o pai de Sylvia dizia, a *Universidade*. Contudo, Sylvia e a terceira irmã tinham cada uma um quarto pintado da cor de sua escolha. O quarto de Sylvia era rosa. O quarto da irmã mais velha era cinza-claro. A irmã mais velha se recolhia no quarto quando chegávamos, misteriosa e malvada. Certo sábado ela saiu do quarto para dar um tapa em Sylvia apenas por ter rido alto demais. Sylvia segurou o próprio rosto em silêncio. *É contra as regras rir desse jeito*, ela disse enfim. *Eu deveria saber que somos melhores do que isso.*

Mas você sempre ri desse jeito, nós dissemos.

Nem sempre, Sylvia disse, *não aqui.*

Os pais nos interrogavam. Quem eram nossas famílias? O que faziam? Como estavam nossas notas? Quais eram nossas ambições? O pai dela queria saber: Compreendíamos o problema do negro nos Estados Unidos? Entendíamos que cabia a nós irmos além? As filhas dele, ele acreditava, se tornariam médicas e advogadas. *Depende dos pais*, ele disse, *para pressionar, pressionar, pressionar.*

Uma vez, quando eu era pequena, minha mãe me perguntou o que eu queria ser quando crescesse. *Crescida*, respondi. Ela e meu pai riram muito. No entanto, ouvindo o pai de Sylvia, endireitei minhas costas, erguendo o meu queixo. Advogada, eu quis dizer, que nem você. Quero a verdade, quis dizer. Uma verdade absoluta, se não a verdade, razão — uma razão para tudo. Contudo a barra do meu jeans estava esfarrapada. Minhas meias nessa casa em que se anda sem sapatos tinham furos nos calcanhares. Durante o inverno, por causa de minha distração, minhas mãos e meus braços geralmente ficavam pálidos. Como eu poderia sequer aspirar a qualquer coisa ao andar pelo mundo assim? A mãe de Sylvia nos olhava de relance e dizia e repetia: *Não sonhem. Sonhos não são para pessoas como vocês.*

Então eu queria ser Sylvia. E porque desejava tanto isso, contei a ela sobre o meu amor secreto, como Jerome e eu nos encontrávamos na portaria em algumas noites, os lábios dele tocando minha boca, pescoço, peitos. Como tinha de ficar em um degrau para ficar na altura dele. Como ele olhava lá fora e verificava a presença de adultos antes de sair do prédio.

O mundo de Sylvia parecia sensível e alheio. Pai e mãe em uma cidade, em um lar. Os cômodos espaçosos e limpos. Camas sempre feitas. Estantes espanadas. Panelas e potes guardados no que a mãe dela chamava despensa. Espelhos sem trincas pendurados sobre penteadeiras. Banheiros com cheiro de Pinho Sol.

Havia pão fresco no guardador de pães. Ervilhas e arroz em Tupperwares na geladeira. Havia meias três quartos brancas dobradas nas gavetas, sapatos plataforma organizados em sapateiras. Havia uma pintura do revolucionário haitiano Touissant Louverture sobre o piano, uma outra do líder biafrense Chukwuemeka Odumegwu Ojukwu entre as janelas com cortinas de veludo.

No mundo da casa de Sylvia, Angela, Gigi e eu sentávamos com as pernas cruzadas nos tornozelos, repentinamente envergonhadas de nossas unhas roídas e cabelos com frizz. Nesse mundo, desejava ter a cabeça coberta, uma saia que arrastasse no chão. Sentíamos que havíamos chegado a uma festa para a qual não tínhamos sido convidadas. Receosas de quebrar os pratos de porcelana enfileirados sobre a moldura da lareira, de falar alto demais, de rirmos com a boca aberta. Cada olhar de soslaio lançado pela mãe de Sylvia nos lembrava quanto éramos realmente indignas.

Víamos a menininha que Sylvia se tornava e também tentávamos voltar a ser menininhas outra vez.

Não tente agir como uma preta americana suja, ruça, disse a irmã de Sylvia.

O rosto de Sylvia ficou vermelho pelo tapa da irmã. Por uns dias permaneceu assim.

Direito. Ninguém tinha esse sonho para mim. Ninguém me estendia a mão e dizia: *Pega aqui*. Então contava meus segredos a Sylvia na esperança de conseguir algo em troca. Sussurrava como me apaixonava lentamente. Primeiro pelo jeito como Jerome dizia meu nome, *Augusta*, com tanto fôlego que era difícil não sentir a luz do verão se derramando através de sua voz.

Eu tinha treze anos na primeira vez em que fomos além dos beijos que roubávamos na escuridão de minha portaria. Apenas Sylvia sabia. Então contei meus segredos a Sylvia com a esperança de ter um retorno. Queria que o futuro promissor dela preenchesse as lacunas vazias à minha frente.

10

Contudo, Gigi foi a primeira a alçar voo. Certo dia uma mulher com botas de cano alto brancas envernizadas veio buscá-la na escola para que ela pudesse fazer um teste para uma escola de artes dramáticas em Manhattan.

Meninas, Gigi disse. *Conheçam minha mãe.*

Ei, dissemos, estarrecidas por ser uma mulher tão jovem e bonita que poderia estar na capa da revista *Ebony* ou no pôster central na revista *Jet*.

Ei, meninas, a mãe da Gigi respondeu.

Gigi nos contou que durante o teste ela precisou dizer as mesmas falas várias vezes — *Ei, papai, você não ouviu... a batida do boogie-woogie de A Dream Deferred?**

Gigi repetiu as falas muitas vezes para a gente, a voz em tom grave, estranha, a nossa Gigi, mas diferente, diante da gente na pele de outra pessoa.

Eles disseram que eu tinha algo. Uma mulher branca disse: Você pode se tornar alguém.

---

* Poema de Langston Hughes (1902-67). [N. T.]

***

Então, de súbito, como se o pai de Sylvia nos observasse atentamente e registrasse cada detalhe que detestava, não éramos mais as amigas de Sylvia, mas as garotas do gueto. Ao chegarmos no fim da tarde, ele ficou parado à porta. *Sem companhia hoje*, ele disse. *Sylvia precisa se preparar para a escola nova.*

Vão para casa, ele disse. *Tornem-se melhores do que são.*

Poderíamos atribuir suas palavras duras ao seu inglês tosco. Poderíamos ter dito *Vai se foder, cara* — e nos tornaríamos exatamente quem ele pensava que já éramos. Mas ficamos em silêncio.

Nenhuma de nós perguntou: que escola nova. Ou por quê. Ele era alto e robusto, a antipatia dele por nós era claramente marcada pelo franzir das sobrancelhas.

Afastamo-nos da porta da casa de Sylvia, despedimo-nos na esquina, cada uma de nós em um silêncio profundamente constrangedor, envergonhadas da nossa pele, do nosso cabelo, do modo como dizíamos nosso nome. Vimos o que ele enxergava quando olhava para cada uma de nós. Depois desviamos o olhar e seguimos para casa.

—

Na sala de aula, o lugar vazio de Sylvia nos remetia ao pai dela, seus braços cruzados sobre o peito, o olhar de desprezo dele era um lembrete de um poder que se tornava cada vez mais familiar para gente. Um poder que não tínhamos nem compreendíamos.

Uma semana depois, quando vimos Sylvia, ela usava um uniforme da São Tomás de Aquino, a irmã mais velha com o braço enlaçando seu ombro. Olhou em nossa direção e murmurou: *Estacionamento depois*. Apertei a mão de Gigi e balancei a cabeça.

Naquela tarde, Sylvia pegou um baseado no bolso do casaco, enfiou-o todo na boca e tirou: *Para selar*, ela explicou. Nenhuma de nós perguntou onde havia conseguido o cigarro de maconha nem a caixa de fósforos Winston. Fizemos uma roda ao redor dela e vimos ela puxar a fumaça profundamente em seus pulmões, segurar e exalar. Fizemos como ela, a fumaça quente e ardida no fundo de minha garganta. Tínhamos visto adolescentes fazerem isso, em grupos fechados, os olhos fechados para evitar a fumaça. Tossíamos em meio à fumaça, rindo de nossa ignorância, até que a risada e a fumaça pareciam liberar tudo de impossível no mundo.

—

Era inverno outra vez e Angela tinha se perdido na dança, Gigi de papel principal em papel principal na escola de ensino médio e artes dramáticas que frequentava.

Passava meus dias vendo as pessoas se mudarem, saindo e chegando do nosso prédio também. Jennie foi substituída por Carla, que ficou apenas um mês antes de a polícia vir e levá-la. Carla deu lugar a Trinity, um rapaz de estatura baixa e afeminado que falava francês com os homens que o seguiam à noite pelas escadas.

Na mesquita as irmãs perguntavam: *E a mãe deles?*, o olhar delas no bigode fino do meu pai, o cabelo grosso dele bem curto, os ombros largos. As unhas feitas de seus oito dedos pareciam promessas de imperfeição, dano e necessidade, o que elas tanto esperavam.

A mãe deles se foi, meu pai respondia.

A mãe deles se foi, irmã Loretta repetia.

O que tem na urna, papai?

Você sabe o que tem na maldita urna, Augusta!

À noite, eu falava com minha mãe, desculpava-me pelas mentiras que meu pai contava, prometia a ela que chegaria o dia em que ele sentiria menos receio. Então ele nos levaria de volta para o Tennessee, de volta para SweetGrove. Dizia a ela para que tivesse paciência, que, com Alá, todas as coisas eram possíveis.

II

Quando fizemos treze anos, parecia que onde estivéssemos haveria línguas e mãos. Havia olhares penetrantes e lábios úmidos onde quer que nossos seios jovens e coxas compridas se movimentassem.

Angela, Gigi e eu aparecemos na casa de Sylvia em uma manhã de sábado quando a família dela não estava. Sylvia, que conseguiu nos colocar para dentro, estava passando seu uniforme da escola católica enquanto conversávamos. *Aconteceu*, Angela contou. *Fiquei menstruada.*

Finalmente, nós dissemos.

Pensamos que você nunca fosse nos alcançar, dissemos.

Éramos agora adolescentes, nossos corpos estavam diferentes, mas todas nós ainda tínhamos a mesma altura, todas nós ainda nos misturávamos umas com as outras.

Encontramos lugares onde conseguíamos estar juntas, fumar um baseado nas escadas de uma biblioteca fechada, saltitando por cima dos tapetes de oração para sentarmos na minha cama, dividindo dois pedaços de pizza em quatro na Pizzaria Royal porque, se comprássemos alguma coisa, poderíamos ficar lá por horas. Balanços de parques, quadras de handball, o lugar ensolarado na esquina de uma fábrica sem janelas de onde dúzias de mulheres pálidas e cansadas eram liberadas às cinco da tarde.

Minha mãe falou: Não conte para ninguém, Angela disse.

Contudo, não precisávamos abrir a boca. O verão voltou outra vez e homens e rapazes estavam em todo o lugar, mãos leves em nossos traseiros em multidões, olhares demorados demais em nossos decotes, sussurros em nossos ouvidos enquanto passávamos por estranhos. Promessas — de coisas que poderiam fazer com a gente, para nós, por nós.

Quando Sylvia ameaçou fugir, o pai dela disse que podíamos passar a noite lá. Pediu que ligássemos para os nossos pais para assegurar que soubessem onde estávamos. Não dirigíamos mais o olhar para ele — demos os números sem sequer erguer os olhos. Angela disse rápido: *Minha mãe já sabe*, antes que alguém pudesse discar um número, falar com alguém. *Tudo bem*, Angela disse, olhando para o outro lado.

Depois de falar com meu pai, ele disse: *É um bom homem. Ele tem sua fé. Um homem precisa ter seu Deus.* Ele olhou para Angela, o suéter gasto, o buraco no dedão de sua meia surrada. Angela colocou um pé na frente do outro, encolheu-se. Então, sem dizer nada, ele saiu.

Ficamos acordadas até tarde, assistindo a séries de TV, tomando picolés e comendo doces. Sylvia e eu usávamos baby-dolls que pareciam obscenos e nos deixavam empolgadas. Dançamos de rosto colado umas com as outras. Angela nos mostrou como beijar de língua e passamos horas treinando. Treinamos até nosso corpo parecer prestes a explodir.

Sussurramos *Eu te amo*, e era verdade.

***

Dissemos: *Isso é assustador*, e rimos.

Jerome, ao me perguntar onde eu tinha aprendido o que sabia, eu disse: *Não se preocupe com isso*, porque ele tinha dezoito anos e eu quase catorze, e nada era mais importante do que ouvir *Eu te amo* e acreditar que fosse verdade.

—

Tinha dias em que sentávamos na frente da televisão vendo Clark Kent se apaixonar por Lois Lane e entendíamos o que significava guardar bem um segredo. Na vez em que Angela chorou, mas não disse o motivo, juramos lealdade a ela, fizemos com que se lembrasse do quanto era linda, dissemos: *Toc, Toc, Angela, nos deixe entrar*. Acariciamos seu rosto, tocamos gentilmente seus lábios, levantamos sua camiseta e beijamos seus seios. *Você é tão linda*, dissemos. *Não tenha medo*, dissemos. *Não chore.*

Quando ela dançava, sua dança contava histórias que nenhuma de nós tinha idade para ouvir, a postura arqueada, o pescoço curvado de um jeito inacreditável, as mãos implorando que o ar adentrasse em seu peito.

O que você está dizendo, implorávamos. *Diga pra gente o que você precisa.*

Mas Angela permanecia calada.

No Quatro de Julho, meu pai levou todas nós para East River, onde milhares de pessoas se reuniram para ver a queima de fogos sobre a água. Apertadas umas contra as outras, Angela sussurrou no meu ouvido: *Um dia vou embora deste lugar.*

Prometi que iria com ela.

Contudo, Angela balançou a cabeça, seu cabelo alisado e cacheado nas pontas com o ferro quente como um cogumelo abaixo da testa e das orelhas. Olhava fixamente para a frente e para os fogos.

Nem, ela disse. *Vamos nada.*

Naquela noite, enquanto Nova York e o restante do país celebravam a independência, para onde quer que olhássemos, o mundo era vermelho, branco e azul. Fumamos um no banheiro enfumaçado de um McDonald's lotado e nos sentimos indomáveis, excitadas e livres. No metrô, a caminho de casa, o rádio de alguém tocava "50 Ways to Leave Your Lover" e todas rimos, cantando junto.

*Hop on the bus, Gus. You don't need to discuss much.**

Angela balançava a cabeça, dizendo: *You know that's right!***

Em um outro planeta, poderíamos ter sido Lois Lane, a Jane de Tarzan ou Mary Tayler Moore ou Marlo Thomas. Poderíamos ter jogado nossos chapéus para o alto, rodopiado e sorrido. Poderíamos ter conseguido, apesar de tudo. Assistimos aos programas. Sabíamos as músicas. Cantamos junto no momento em que Mary estava com o olhar maravilhado e admirada com Minneapolis. Sonhamos alcançar o sucesso um dia como Marlo. Decolamos com a Noviça Voadora.

Mas éramos jovens. E estávamos na Terra, voltando para casa, no Brooklyn.

---

* "Pegue o ônibus, Gus. Não precisa discutir tanto". A canção é de Paul Simon, no álbum *Still Crazy After All This Years*, de 1975. [N.T.]   ** "Você sabe que é a coisa certa". [N.T.]

12

Eu procurava pelos filhos de Jennie no rosto de estranhos. A menina apavorada com a mão fechada apertando pedaços de mortadela, o garoto com seus sapatos pequenos demais. Na noite em que a mulher veio buscá-los, choraram até o dia amanhecer. Meu irmão e eu descemos para pegá-los, mas a porta estava trancada. *Abram a porta*, dissemos várias vezes. No entanto, ainda que pudéssemos ouvir o choro, eles não abririam. Então voltamos lá para cima e ligamos o rádio.

Eles estavam do lado de cá da guerra em Biafra, enchendo a barriga com qualquer coisa que oferecêssemos, pareciam nunca se saciar. A mesma pele escura. Os mesmos olhos amedrontados. Para onde os levaram dessa vez?

Abram a porta, dissemos. *Somos nós. Temos comida lá em cima. Podemos brincar de pique-esconde. Por favor, abram a porta*, pedimos. *Podemos levar vocês para um lugar melhor.*

Não éramos pobres, mas vivíamos na fronteira da pobreza.

—

Alana se mudou para o outro lado da rua. Usava ternos masculinos e dançava como John Travolta em *Os embalos de sábado à noite* com sua namorada de olhos verdes do lado de dentro do portão de entrada, a esfera perfeita de seu black power em movimento. Quando ela sorria, levantava um dos lados da boca, logo depois o outro, e nós quatro nos sentávamos no meio-fio para vê-la, fascinadas.

À noite, quando o DJ ligava extensões nos postes, seguíamos os fios brancos e marrons até a música no parque. Assistíamos aos meninos da vizinhança dançarem break sobre caixas de papelão abertas e gritávamos quando o DJ jogava "Sir Duke" no toca-discos, e Jerome me levou para longe de minhas amigas. Na escuridão, com Stevie cantando *They can feel it all over...* Deixei que Jerome se ajoelhasse na minha frente, puxasse meu shorts até a altura dos joelhos, pusesse a boca sobre mim, até que meu corpo explodisse, do pescoço aos joelhos. Apoiei o corpo contra a parede de cimento da quadra de handball, tremendo. O DJ fundiu "Sir Duke" com uma música lenta que eu não conhecia e, de repente, meus olhos se encheram de lágrimas. Era o templo que tinha prometido à irmã Loretta que protegeria, e agora, com uma indiferença repentina, meu shorts abaixo dos joelhos, segurava o rosto de Jerome por um momento, o rosto dele macio e úmido encostado no meu ventre, então o empurrei outra vez para baixo.

—

As temperaturas passaram dos trinta e sete graus e nós suávamos durante os dias para passar as noites no parque. Angela encontrou um rapaz chamado John que tinha dedos delicados e falava ceceando. O namorado de Sylvia, da mesma idade de Jerome, a arrastava para a escuridão atrás da quadra de handball. Gigi dizia que estava se apaixonando por Oswaldo, cujo irmão mais velho foi morto em uma briga de gangue com os Devil's Rebel's no verão passado. Tínhamos medo das gangues e dos incêndios que reduziam as casas com acabamentos de madeira do bairro a cinzas. Contudo, tínhamos nossos garotos e umas às outras.

***

Conhecíamos as histórias. Descendo a Knickerbocker, uma garota saiu correndo de casa, seu robe em chamas. Quando ela enfim se viu em segurança, estava nua. Na rua Halsey, um bombeiro resgatou duas crianças pequenas descendo a escada de incêndio com elas no colo. Por um bom tempo ele não conseguiu fazer com que as crianças assustadas desenganchassem os bracinhos aterrorizados de seu pescoço. Procurei pelos nomes das crianças no jornal, me perguntando se eram os filhos da Jennie.

No fim da noite, recostávamos em nossos namorados, os dedos entrelaçados, nos balançando lentamente enquanto o DJ anunciava: *Vamos ter que acabar com a festa, galera*. Ainda assim nos agarrávamos a eles e a seus corpos magrinhos, tão inseguros quanto os nossos na direção para onde avançávamos cada vez mais. *Por favor*, eles imploravam. E por muito tempo, respondíamos, sussurrando: *Isso não. Ainda não.*

—

Charlsetta foi mandada embora. Ela tinha dezesseis anos, capitã das cheerleaders da Thomas Jefferson. Tinha um rabo de cavalo alisado e franjas cacheadas carregadas de óleo sobre a testa. Por semanas perguntamos ao irmão mais novo dela para onde tinha ido. O quarteirão inteiro ouviu a gritaria. Vimos a mãe dela sair para trabalhar na manhã seguinte com o rosto severo e a postura rígida. *Charlsetta levou uma surra ontem à noite*, dissemos umas às outras. *A mãe acabou com ela.*

E rimos, até que a surra se tornou lendária, um alerta para a gente de que esse tipo de humilhação pública estava a uma sova de cinto de distância. Havia uma Charlsetta oculta em cada uma de nós.

Ela tinha um bebê na barriga, o irmão caçula dela finalmente admitiu. *Foi enviada de volta para o Sul.*

Tiramos os dedos de nossos namorados de dentro de nós, os afastamos, abotoamos nossas blusas. Nós conhecíamos o Sul. Todas tínhamos um. Jamaica, República Dominicana, Porto Rico. A ameaça de um lugar para onde poderíamos ser mandadas de volta para sermos criadas por uma tia solteirona rígida ou uma avó severa.

Lá no Sul era cheio de adolescentes como Charlsetta, suas barrigas que chegavam primeiro, dando piruetas em quintais ressecados enquanto as galinhas ciscam a seu redor. Estremecíamos de pensar na barriga de Charlsetta, e a imaginávamos com seu namorado enquanto sua mãe estava no trabalho. Quantas vezes eles fizeram? Como se sentiram? Quando ela soube?

Sentávamos nas escadarias olhando em direção à casa de Charlsetta. Pensávamos que ela voltaria para casa com o bebê envolvido em uma manta cor-de-rosa. Imaginávamos que ela assumiria seu lugar novamente na equipe, seus pompons azul e dourado no ar — *Vamos lá, time, lutem com todas as suas forças, bora pra quadra e marquem mais um. Vai! Vai!* —, seu rabo de cavalo balançando, a franja longa caindo sobre os olhos. O tempo passou e ela não voltou para casa, achamos que ela voltaria sem o bebê, com a tia durona e a avó de cara fechada criando a criança sozinhas como se fosse sua, enviando Charlsetta de volta para sua vida no Brooklyn.

O outono chegou e os DJs pararam de armar seus amplificadores e caixas de som no parque. Os postes pararam de piscar com o fluxo de energia elétrica roubada. Nossos namorados imploravam e outra vez e novamente dissemos: *Não.*

***

O irmão de Charlsetta quebrou ambos os braços no Bushwick Park, as tipoias do gesso cruzadas contra o peito. *Sua irmã já voltou?*, perguntávamos. A resposta era sempre não. *Merda!*, dissemos. *Ela foi embora para sempre.*

Meu pai era tão ausente quanto me lembro? Uma cadeira dobrável na cozinha e ele nela, a cabeça inclinada na direção das mãos, os dedos se movendo sobre o calombo onde uma vez houve um polegar, sua calça social preta vincada por um ferro quente demais, tanto que deixava um brilho em algumas partes do tecido — uma quase mancha de queimado permanente. Para onde seus dedos foram, meu irmão e eu nos perguntávamos em nossa adolescência. *Um cachorro comeu*, dizíamos. *As mãos dele ficaram presas em um buraco e ele puxou e puxou até que. Até que.*

Veio o inverno, e no fim de dezembro o Brooklyn estava coberto de neve e gelo que chegavam aos tornozelos. Sapatos de plataforma dominavam Nova York, então tropeçávamos pelo bairro em botas de cano alto e salto alto que eram fechadas por zíperes, e eram qualquer coisa, menos resistentes à água. Eu tremia durante o inverno, cambaleante e quase congelando enquanto meu pai encarava suas mãos. Na época, ele vivia imerso em sua fé, o que proporcionava pouco espaço para entender garotas adolescentes. Onde meu irmão e eu uma vez estivemos trancados atrás de uma janela entreaberta, agora éramos mais livres do que nenhum de nós poderia entender. Algumas tardes, ao voltar para casa, eu olhava para cima para ver meu irmão na janela, encarando a rua, sem expressão.

—

Uma semana depois do Natal, uma mulher foi encontrada morta sem agasalhos no telhado do conjunto habitacional Marcy

Houses. Mulheres mortas tinham sido encontradas antes — em corredores, porões, cantos escuros de estações de metrô. Às vezes, conforme andávamos pelas ruas, nos imaginávamos sendo encontradas em algum lugar. Quanto tempo levaria até que descobrissem? Quem seria o primeiro a perguntar: *Você viu Augusta? Você viu... Angela...?*

Angela disse: *Eu não sei onde minha mãe está.* Sua voz embargada, as palavras trêmulas. Eu a agarrei com força, a puxei para mim. *Angela, ela está bem*, eu disse.

Ela está bem!

Sylvia e Gigi mantiveram um passo atrás, a uma distância que parecia que o mundo girava em uma espiral de dor no qual apenas eu e Angela estávamos.

Não é ela, Ang. Eu juro.

Mas *era* ela. Um cartão do Medicaid e um vale de cinco dólares para comprar comida no bolso esquerdo do casaco. Uma foto de Angela, sem o dente da frente, no direito. *Angela "Angel" Thompson, sete anos*, escrito cuidadosamente com esferográfica. Alguém em Kings County provavelmente disse: *Deus, eu conheço a filha dessa mulher.*

Antes que soubéssemos que era a mãe dela, Angela passou três noites na minha casa, nós duas enroscadas no sofá-cama, meu pai na minha cama. O cabelo dela cheirava a suor e a brilhantina Royal Crown, sua respiração acelerada, mesmo quando dormia profundamente. Sob a única luz vinda de um poste da rua, eu a encarei e vi que bem lá no fundo, sob as faces macias e o nariz largo — havia uma mulher impressionante que passou por nós com seu rosto magro, a boca quase sem dentes e os olhos de Angela.

Quase na penumbra, avistei o telhado, a mãe de Angela encolhida em posição fetal tentando se esquentar. Eu vi a linfa. Vi Angela desabar no chão coberto de neve. Vi meu pai dando um beijo de despedida em minha mãe, sua cama forrada de cetim, a Bíblia contra o peito, o anel dourado em seu dedo imóvel. Abri a boca para falar. Então me calei. E fiquei assim por muito, muito tempo.

—

Na terceira manhã, meu pai tirou um dia de folga e levou Angela à delegacia. *A mãe desta menina*, ele disse, *parece que desapareceu.*

Nunca tínhamos conhecido a mãe de Angela. Mas agora sabíamos que a tínhamos visto — uma mulher pálida cambaleava pelo nosso quarteirão com punhos cerrados, tentava se segurar em uma placa de PARE sem conseguir — conforme a dança terminava e Angela se inclinava em nossa direção, afastando-se dela.

Perguntamos: *O que foi, Angela?* Dissemos: *Conta pra gente.* Pressionamos nossos ouvidos contra seu coração pulsante...

Ela não está morta, Angela, eu sussurrava. *Eles estão com a pessoa errada.*

Dias depois, quando ela foi levada para longe de nós, não sabíamos como agarrá-la de volta. Não dissemos: *Espera!* Dissemos: *Nós te amamos.* Dissemos: *Até amanhã.* Dissemos: *Para todo o sempre, Ang.* Não dissemos: *Não vá embora.* Não dissemos: *Vamos com você — aonde quer que você vá.*

***

Éramos adolescentes. O que sabíamos? Quase nada.

Janeiro chegou e, por dias, Sylvia desapareceu em sua escola católica e em seu quarto cor-de-rosa, seguramente acomodada entre as caretas de sua mãe e seu pai citando Merleau-Ponty sem parar. Gigi se inseriu no mundo do teatro, ensaiando até tarde da noite, cansada demais, segundo ela, para aparecer por um tempo.

Ela não está morta, Angela, sussurrei e repeti várias vezes. *Não acredite neles.*

Mas Angela não era eu.

—

É aqui que eu moro, Angela disse em um verão, apontando um prédio bonito de tijolos vermelhos a uns quarteirões de distância. Nunca estivemos em seu interior. Duas semanas depois que a mulher foi encontrada, Sylvia e Gigi recorreram a mim, e juntas empurramos e passamos pela porta de entrada do hall com a fechadura quebrada e procuramos pelo sobrenome de Angela nas caixas do correio. Não encontramos. *Angela mora aqui?*, perguntamos para as pessoas que entravam e saíam do prédio. *Nem*, eles disseram. *Não conheço nenhuma Angela.*

Quando ligamos para o telefone dela, uma gravação informou que a linha tinha sido desligada. *Merda*, dissemos. *Maldição!*

Não era a mãe dela, disse para Sylvia e Gigi. *Eles cometeram um erro. Acreditem em mim. Eu sei.*

Esperávamos, tremendo. Agora, desgastadas e constrangidas, nós três nos víamos caindo no silêncio com mais frequência.

Meu irmão cresceu e ficou alto e atencioso. Amava irmã Loretta, seguia os ensinamentos da Nação do Islã e procurava em meu rosto qualquer coisa que pudesse encontrar.

Cê tá bem, Augusta?

Tô.

Tem certeza?

Tenho.

No que você tá pensando?

Nada.

Certa madrugada, muito depois do nosso pai ter ido para a cama, uns dias depois da mãe de Angela ter sido encontrada, ele me sacudiu, acordando-me.

—

Você costumava dizer que ela estava voltando, ele sussurrou. *Amanhã e amanhã e amanhã.*

Pressionei os olhos, apertando-os, virei-me para a parede.

Mas você estava errada. Ela não vai voltar até a ressurreição.

—

No Tennessee, as videiras de madressilva floresciam cheias e pesadas no nosso quintal todo verão. Meu irmão e eu corríamos para fora bem cedo, descalços e ainda de pijamas para sugar a doçura daquelas flores cintilantes. O toque suave da madressilva na língua era quase uma promessa quebrada de algo melhor escondido em algum lugar mais profundo.

Vocês vão ficar doentes, nossa mãe gritava da porta. Por trás da tela, de salto e com avental, era perfeita, seus lábios cheios e a pele escura, o cabelo cortado em black power. *Deixem a madressilva crescer como vocês estão crescendo.*

O cabelo como um halo. *Santificado seja o vosso nome. Assim na Terra como no Céu.*

Clyde, o irmão dela, ainda não tinha morrido. Sentado na nossa cozinha fumando um Pall Mall e contando histórias. Sabíamos disso só porque ele sempre fumava e podíamos ouvir a mãe rir o tempo todo e dizer: *Ah, você está jogando conversa fora, Clyde!* Dizer: *E então, o que aconteceu?* Dizer: *Vou fazer bagre hoje à noite. Você vai ficar para o jantar?*

Meu irmão e eu corríamos pelos campos, a grama alta tocava nossos pés e pernas, o sol batia na gente. Essa liberdade é tudo o que conhecíamos. O Brooklyn era um lugar de onde meu pai tinha vindo. Um buraco que se fechava debaixo dele. Apenas conhecíamos SweetGrove e as palavras que encerravam todos os contos de fadas que nossa mãe lia para nós. Vivíamos nosso próprio felizes para sempre.

—

Contudo, depois que o irmão dela morreu, minha mãe começou a desaparecer. Primeiro foi a mesa vazia no fim do dia, eu voltando da escola e encontrando meu irmão bebê ainda no quintal procurando por vagens e frutinhas, sem vestígios de que pudesse haver uma refeição em casa. Meu pai chegando horas depois com sacolas do mercado — sopas enlatadas e massa, SpaghettiOs e pizzas congeladas para serem aquecidos em nosso fogão a lenha.

SweetGrove tornando-se memória. Minha mãe tornando-se pó.

O que tem na urna?

Você sabe o que tem na urna.

Mamãe já voltou pra casa?

A memória como uma ferida. Desaparecendo.

Ela voltará amanhã e amanhã e amanhã.

Não vão para o fundo na água, crianças.

A mãe de vocês teve problemas com a água.

Nossa terra movimentava-se com a grama ondulante em direção à água. A terra terminava na água. Talvez minha mãe tenha se esquecido disso.

E continuou caminhando.

13

Não tínhamos medo dos lugares escuros para os quais íamos com nossos namorados. Ainda que uns anos atrás, um *serial killer* que se apresentava como Filho de Sam tenha aterrorizado a cidade de Nova York, enfiávamo-nos em cantos escuros do parque de qualquer jeito. O Filho de Sam matava mulheres brancas. Estávamos seguras em nossa pele negra.

Mas, naquele mesmo ano, meninas negras estavam morrendo na Times Square. Embora estivéssemos a quilômetros de distância no Brooklyn, as histórias eram semelhantes o suficiente para serem palpáveis e assombrarem nossas noites. Eram aquelas encontradas, corpos enrolados em tapetes, atrás de lixeiras ou nuas boiando no East River, com a garganta cortada em banheiros dos cinemas pornô da Rua 42. Sabíamos que atravessar aquela ponte representava estar do mesmo lado do rio daquele lugar chamado Times Square, onde garotas como nós eram pegas por cafetões, injetadas com droga e terminavam passando o resto da vida caminhando pela 18ª Avenida com a cabeça nas janelas dos carros que paravam. Isso era mais apavorante do que perder Angela.

Vamos vê-la na segunda-feira, dissemos. Mas a segunda nunca chegou. *Ela vai voltar*, disse seu professor de dança na escola Joe Wilson. *Um talento como aquele deve chegar a algum lugar.*

Tínhamos muito medo. Ouvimos dizer que Angela havia sido levada para um lar adotivo em Long Island. Ou era no Queens? Ou com uma tia? Em um abrigo? Tínhamos catorze anos. Tinha muita coisa que não sabíamos.

—

Uma noite meu pai chegou na ponta dos pés com outra mulher. Ouvi o gelo tilintar nos copos, ouvi a risada suave. A chuva batia pesada contra a janela. O cheiro de umidade nos envolveu. Ouvi o ecoar suave do gelo voltando para o fundo de copos quase vazios. Onde estava irmã Loretta? Puxei meu lençol sobre a cabeça e busquei pela mão do meu irmão.

Pela manhã, os tapetes de oração ainda estavam enrolados e contra a parede. Lá fora, o Brooklyn era um azul reluzente. Sem nuvens. Crianças já gritavam e chamavam umas às outras na rua. Quando entrei na sala na ponta dos pés, a mulher deitada no sofá puxou as cobertas sobre si, mas não antes que eu visse o tamanho dos seus seios, os mamilos escuros.

Você é a menina dele?, a mulher perguntou.

—

O pai de Sylvia tinha um plano para ela. Certo dia, o primeiro namorado de Sylvia apareceu em sua porta. Era alto e tinha a pele morena, o capitão do time de basquete da escola de ensino médio da vizinhança. *Por favor, aguarde um momento*, disse o pai dela. Quando ele voltou, apontou um revólver calibre vinte e dois para o peito do rapaz.

Vou morrer na cadeia pela minha filha, ele disse, sua voz mais alta e mais suave do que Sylvia jamais ouvira. Tão alta e branda que ela não conseguia gritar. Apenas assistiu, com a mão tapando a boca enquanto o pai levantava ainda mais a arma e o namorado fechava os olhos, implorando: *Pelo amor de Deus, por favor*, até que o pai dela baixou a arma, dizendo: *Vá para casa com o Deus em que você acredita e nunca mais apareça em minha porta outra vez.*

Ele não sabia que já tinha perdido Sylvia.

Dói demais, ela sussurrou para a gente. *E então não dói mais. Não era tão bom quanto pareceu que seria. Mas não parou de doer.*

—

Por favor, Jerome implorava. Mas eu respondia: *Não. Tudo menos isso*, eu dizia. À noite eu ouvia a mulher que não era Mamãe Irmã Loretta chamando o nome do meu pai. De manhã, ela puxava o robe do meu pai para cobrir os seios, fazia café solúvel e se sentava à mesa da cozinha para fumar.

Ah, faça logo, Sylvia disse. *Ele é muito legal para deixar escapar.*

—

Esquece então, Jerome disse enfim. *Esquece.*

Me esquece.

—

Eu me apegava ao meu corpo como meu irmão se apegava à sua fé, finalmente trazendo meu pai de volta. Nos fins de semana eles saíam de casa de manhã cedo. Passavam o dia na mesquita, então voltavam no fim da tarde, taciturnos e falando baixo, seus exemplares do Alcorão nas maletas pretas que carregavam.

Outros livros começaram a encher nossa pequena estante — *Como comer para viver*; *Mensagem ao homem negro nos Estados Unidos*; *A queda dos Estados Unidos*. Sentamos juntos à mesa da cozinha tarde da noite, meu pai e meu irmão com a cara enfiada em seus livros da Nação do Islã, eu virando lentamente as páginas dos meus livros escolares. Sentia uma fome repentina de um mundo fora do Brooklyn, algo mais complexo, maior do que isso. Certas noites, meu pai olhava por cima do meu ombro, perguntava sobre geometria, *As bruxas de Salem*, a União Soviética. Eu o encarava, dando de ombros com indiferença, as palavras criariam muitos problemas. Meu pai dava tapinhas no meu rosto, resmungava: *Tem uma mulher que quero que você conheça*, e voltava para sua Nação. Eu mergulhava minha cabeça novamente nos livros. Por que o que mais havia? Houve um tempo em que meu irmão e eu nos sentávamos na janela, observando o mundo. Agora estávamos profundamente embrenhados neste mundo, trabalhando duro para encontrar uma saída. Cozinhava as comidas que eles podiam comer, omeletes e berinjela, tortas de feijão e vegetais grelhados, saladas verdes com tomate e cebola, peixe grelhado e azeite. Era praticamente tão alta quanto meu pai, e nossos sábados em Coney Island havia muito ficaram para trás. Cachorros-quentes e milhos cozidos de vendedores ambulantes pareciam algo de outro lugar e de outra época.

O consultório da mulher era pequeno e cheirava a óleo de almíscar. Embaixo de seu hijab, o rosto dela era calmo e sem rugas, então de alguns ângulos, não parecia ser mais velha que Jerome.

Irmão, ela cumprimentou meu pai.

Irmã, ele respondeu suavemente. *Esta é a minha filha.*

Havia diplomas na parede atrás dela, o nome dela em letras impressas em negrito.

Augusta, ela começou depois que meu pai saiu. *Quero que você saiba que pode confiar em mim.*

Augusta, ela disse. *Fale sobre a sua mãe.*

Orba (feminino), a palavra em latim para órfã, sem pais, sem filhos, viúva. Houve um tempo, quando eu acreditava que aquela perda não poderia ser definida, em que a linguagem não tinha alcançado a imensidão da morte. Mas ela tinha. *Orbus, orba, orbum, orbi, orbae, orborum, orbo, orbis...*

—

O caminho mais curto vindo do metrô era atravessar o parque Irving, passando pelos meninos que arremessavam bolas nos arcos e pelos jogadores de handball com apenas uma mão enluvada. Em muitas noites, esse parque se transformava numa festa, as silhuetas dos corpos se moviam ao som dos DJs, casais desapareciam pelos cantos escuros. Mas era quase primavera e os DJs ainda não estavam tocando lá. Caminhava devagar pelo parque, cabisbaixa, meus pensamentos no teste AP* que faria na segunda-feira seguinte.

Ao olhar para cima, encarei Sylvia e Jerome, a cabeça dela no ombro dele, as mãos pequenas dela sendo aquecidas entre as dele. Conhecia aquele calor, aquele tipo de abraço.

---

* Advanced Placement Exams são provas realizadas por estudantes de ensino médio nos Estados Unidos para a inscrição em universidades e obtenção de créditos de disciplinas adiantados. [N. T.]

Sylvia?

Augusta. Oi.

E aí.

Quando se tem quinze anos, a dor vai além da razão, mira direto na essência. Não sei quanto tempo fiquei lá de pé encarando os dois, vendo Jerome deslizar a mão, soltando a de Sylvia, vendo-a se afastar um pouco.

Aonde você está indo?

Quando se tem quinze anos, o mundo colapsa em um instante, diferentemente de quando se tem oito e fica sabendo que sua mãe entrou na água — e continuou a caminhar.

Quando se tem quinze anos, você não pode prometer voltar ao que era antes. A visão madura conta uma história diferente, mais sincera.

Linden, Palmetto, Evergreen, Decatur, Woodbine* — esse bairro começou como uma floresta. E agora as ruas receberam os nomes das árvores que antes estavam aqui.

É muito louco, Sylvia disse. *O jeito como essa coisa entre mim e Jerome aconteceu. Não fique com raiva. Vocês terminaram. Eu ia te contar.*

E o Direito? Eu queria perguntar. *E o seu pai?* A pergunta tão ampla quanto o silêncio entre nós: *E eu?*

---

* Tília, palmito de repolho, sempre-viva, decatur, madressilva. [N.T.]

***

Meu livro de geografia mostrou-me a complexidade do mundo, e naquela noite me debrucei sobre ele, faminta, intrigada com todos os lugares *lá fora* além do Brooklyn — Mumbai, Kathmandu, Barcelona — qualquer lugar menos aqui.

Em Fiji, para que os mortos não fossem deixados sozinhos no próximo mundo, seus entes queridos eram sufocados neste, a família inteira reunida no além-túmulo.

—

Você disse que ela voltava amanhã e..., meu irmão disse.

Por muito tempo, acreditei que fosse verdade.

14

Quando você entendeu pela primeira vez que sua mãe tinha realmente morrido?, irmã Sonja queria saber.

Do lado de fora, eu podia ver as árvores enfileiradas no parque Fort Greene. Estava claro e ameno, o começo da primavera. Havia o cipó de hera no peitoril da janela, as folhas pendendo ao longo do batente. Havia grades nas janelas, apesar de o consultório estar apenas no sétimo andar. Alguém já tentou se jogar dali? Saltar?

Dirigi o olhar a ela.

Por que você acha que minha mãe morreu?

—

Três meses se passaram até que vi Sylvia outra vez. Usava o uniforme da escola, os botões estourando na barriga. Ela acenou para mim do outro lado da rua, o tráfego de mão dupla entre a gente.

Augusta!

Mas eu estava indo embora do Brooklyn, parte de mim já tinha ido.

—

Aquele ano foi de me enfiar nas páginas dos livros didáticos e desaparecer. O ano de aulas preparatórias do AP e revisões do PSAT,* de me mover em direção a algo novo, desconhecido, uma coisa chamada Ivy League. Porque Bushwick algum dia tinha sido uma floresta e fomos chamadas de garotas do gueto mesmo sendo bonitas, de estarmos de braços dados, e de nossas camisetas estampar nossos nomes e signos.

Tirei a urna de onde estava desde que era capaz de me lembrar, do alto da estante, levantei a tampa e olhei seu interior.

—

Minha mãe se afogou.

Levei a urna para o quarto que ainda dividia com o meu irmão, coloquei-a sobre o criado-mudo ao lado de minha cama. Mantive a mão sobre ela a noite inteira.

Esta terra é setenta por cento água. É difícil não se afogar nela.

—

Na noite anterior de Gigi estrear no papel de Maria Madalena na produção de *Jesus Cristo Superstar* do clube de teatro, ela me ligou, fez-me prometer que ficaria na primeira fila, ao lado de Sylvia. *Deixe pra lá*, Gigi disse. *O bebê já está feito e você não queria aquele garoto tanto assim.* Ela disse que colocaria um casaco em um assento para o caso de Angela voltar.

Podemos fazer como nos velhos tempos? Gigi pediu. *Por mim.*

---

* Prova aplicada aos alunos do ensino médio. [N.T.]

Mas naquela noite, quando peguei meu casaco, fiquei parada, lembrando da barriga de Sylvia e da urna cheia de cinzas e do garoto que piscava para mim lá embaixo. Sentei-me à beira da cama lembrando-me de correr pelas terras de SweetGrove e do som da risada de Clyde e de minha mãe com a faca embaixo do travesseiro e das mãos de irmã Loretta fazendo círculos enquanto esfregava o chão da cozinha.

Eu sentei lá, o apartamento silencioso, o calor aumentando dentro do meu casaco. Continuei sentada ali muito depois de a peça ter terminado.

Gigi fraquejou. No último verso de *"I don't know how to love him"* o tremor da sua voz ecoou pelo auditório. *Todo mundo riu, eu ouviria mais tarde. O auditório inteiro. Todo mundo. Não tínhamos a intenção. Não sabíamos...*

Sylvia não apareceu. A mãe de Gigi não apareceu. Os casacos em cima dos assentos que Gigi tinha guardado para nós continuavam lá, até os companheiros de elenco retirarem os deles e apenas ficarem os dela.

Dois passos para a esquerda, para a direita, para a frente ou para trás e você está fora da sua vida.

Um amigo de alguém conhecia uma pessoa que vivia no Hotel Chelsea. A festa do elenco foi no décimo primeiro andar.

Quem estava lá para ver Gigi levantar seus calcanhares e voar?

Naquele ano, o cabelo dela tinha crescido, cobrindo suas costas. Grande parte do tempo ela o usava em uma trança. Mas na noite daquela performance estava com ele solto, balançando-o sobre os ombros. Será que se abriu como asas escuras na noite do Chelsea? Realmente acreditava que não havia nada além dos quinze?

Se as tribos de Fiji despachavam os vivos para se juntarem aos seus mortos, deveria ter sido eu voando. Ou Angela. Mas permanecemos na terra. Acreditando que não tínhamos asas.

15

Quando desci do ônibus em Providence, Rhode Island, eu estava sozinha. Eu quis tanto isso — colocar os pés fora do Brooklyn por minha conta, sem passado, só o agora e o presente.

Auggie, eu corrigi o professor no meu primeiro dia. *Meu nome é Auggie. Estou aqui porque desde criança queria uma compreensão mais profunda da morte e dos mortos.*

Isso é louco, o diabo branco, a pele tão branca que podia ver as veias azuis debaixo dela, um rapaz que seria meu primeiro namorado virou-se pra mim e disse: *Eu também.*

Como você começa a contar sua história? A primeira vez que ouvi The Art Ensemble of Chicago, eu chamei por Gigi. Como qualquer uma de nós poderia saber? Roscoe Mitchell no saxofone, Lester Bowie no trompete, a mistura de sopro e bateria e sinos em música, até que toda essa beleza viva aflorasse no mundo, tendo que ser recordada outra vez, obrigada. Como o pai de Sylvia que citava tanta filosofia não prestou atenção nisso? Como meu pai, tão afundado em seu luto, não sabia que havia homens que tinham vivido isso, que sabiam como contar a história dele? Como nós, cantando junto de Rod Stewart e Tavares e Hues Corporation, não sintonizamos nossos rádios mais à direita ou à esquerda para descobrir Cecil Taylor, Ornette Coleman, Miles Davis?

***

E quando encostamos a cabeça no coração umas das outras, como não ouvimos Carmen McRae cantar? Nos punhos fechados de Angela, Billie Holiday cambaleava passando por nós e não sabíamos o nome dela. Nina Simone nos dizia quanto éramos bonitas e não ouvíamos sua voz.

Passei meus vinte anos dormindo com rapazes brancos em quartos sem fotos cheios de jazz. Enquanto empurrava a cabeça relutante deles para baixo, pensava no Brooklyn, em Jerome e Sylvia e Angela e Gigi. Gemia ao som de homens negros xingando e ao trompete de Bowie lamentando. Quando os trazia para dentro de mim, os olhos cerrados evitando os rostos que cresci acreditando pertencer ao demônio, imaginava-me em casa outra vez, minhas amigas ao meu redor, nós quatro rindo. Todas vivas.

Nas Filipinas um belo homem moreno beijou meus pés várias vezes, dizendo: *Sempre começa por aqui*. Em Wisconsin, jurei à minha companheira de quarto que se tornara minha amante que ficaria com ela para sempre. Meses depois, quando as páginas da minha dissertação concluída e aprovada estavam espalhadas pelo chão, beijei seus lábios levemente rachados enquanto ela dormia e parti no meio da noite. Em Bali, passei uma noite à espera de um belo homem negro de Detroit surgir na escuridão. *Diga*, ele implorava, nossos corpos se movendo um contra o outro com tanto desejo, ríamos alto. *São só três malditas palavras*.

Fiz trinta anos na Coreia, chorei por uma semana porque pensei que estivesse grávida. Então chorei por mais uma semana quando tive certeza de que não estava. Ao fundo, Abbey Lincoln cantava *"It's Magic"*, e visualizei outra vez a vista da rua de nossa janela, eu e meu irmão e as crianças brincando lá embaixo.

***

Uma vez, em um café em San Francisco, a mulher com quem morava havia uns oito meses me perguntou por que eu dormia com os punhos fechados.

Eu durmo?

Sim, você dorme, disse ela.

Uma vez estive a ponto de dizer: *Por muito tempo minha mãe ainda não estava morta*. Mas não disse.

16

No outono dos meus dezesseis anos, meu pai nos levou de volta para SweetGrove. Pegamos o trem para o Tennessee, alugamos um carro e dirigimos uma hora até onde tinha sido a nossa terra. As folhas começavam a mudar, mas o ar ainda estava denso com o calor. Chegamos no início da tarde. Meu irmão e eu saímos batendo a porta do carro como se fôssemos crianças outra vez, correndo pela estrada empoeirada que levava à casa. Mas onde era a nossa casa só havia plantas agora, mais altas do que nós, grossas como cajados. De onde paramos, eu podia sentir o cheiro da água salobra. Ficamos parados ali, calados. No silêncio, podíamos ouvir o ondular suave do lago.

Dei a mão ao meu irmão e juntos, em silêncio, caminhamos até lá. Placas laranja presas às árvores ao nosso redor. PROIBIDA A ENTRADA. PROPRIEDADE PRIVADA. NÃO ULTRAPASSE. A água era escura, quase negra em contraste com as árvores coloridas reluzentes.

Quando você entendeu que sua mãe estava realmente morta?, irmã Sonja perguntaria novamente meses depois.

Nunca. Todos os dias. Ontem. Neste exato momento.

Quando nosso pai nos levou de volta para ver a água.

Podia ouvir nosso pai se aproximar. Mesmo aqui, tão longe do Brooklyn, seus passos lentos macios eram tão familiares quanto o tempo.

Lá longe, eu podia ver alguém em uma canoa, remando gentilmente ao longo dos pinheiros enfileirados. No ponto mais fundo, a água chega a seis metros de profundidade. *Eu só coloquei os dedos dos pés lá dentro*, minha mãe diria.

Eu só precisava senti-la contra os meus pés, só isso. Ficar perto dela.

—

No jantar depois do funeral do meu pai, meu irmão perguntou de repente: *Por que você sempre disse aquilo? Por que você sempre me dizia que ela voltaria amanhã e amanhã e amanhã?*

Fiquei calada por um longo tempo, então finalmente disse: *Porque eu acreditava que era a verdade. Que em um desses amanhãs ela chegaria aqui.*

Em algum lugar no litoral da Carolina do Sul, uma tribo de igbos trazidos por traficantes de escravizados se jogou na água. Acreditavam que, uma vez que a água os havia trazido até aqui, a água os levaria para casa. Acreditavam que voltar para casa pela água era bem melhor do que passar a vida escravizados.

—

Quando vi Angela novamente, estava no meu primeiro ano em Brown, sentada em meu quatro numa sexta à noite. Um homem com quem planejava dormir estava com a cabeça em meu colo. De repente, ela apareceu na tela da televisão, mais morena do que me lembrava, o cabelo dela comprido e alisado. Mas seu rosto era o mesmo, lindo e anguloso. O filme era a história de uma dançarina ávida pelo papel principal de *La Sylphide*, e quando o noivo dela a abandona, sua vida é refletida no espetáculo. Angela está estonteante dançando ao longo do palco, seu corpo mais esbelto do que me lembrava, porém musculoso e hábil. Quando dança em direção à câmera, chamo por ela.

Angela!

O rapaz pergunta se eu a conheço.

Ela é gostosa, ele diz.

Angela, sussurro. *Você conseguiu.*

—

Atrás de mim e do meu irmão, meu pai dizia que era hora de irmos embora, mas nenhum de nós se moveu de onde estava.

O vento passou, sacodindo as árvores. A pessoa na canoa parou de remar e agora jogava uma linha na água. Perca. Truta. Talvez bagre, não tenho certeza.

Isso é memória.

Contemplei a água ondular lentamente, indo e vindo contra a margem. O sol começava a se pôr. Segurei a mão do meu irmão e a apertei. Não tínhamos mais ninguém no Tennessee. Passaríamos a noite em um hotel, compraríamos souvenirs em algum lugar. No fim da tarde do dia seguinte, pegaríamos o carro alugado e começaríamos a longa jornada para casa no Brooklyn.

Ergui o olhar para poder ver bem as folhas amarelando, pensando em como, de alguma maneira, todos estamos voltando para casa. Em algum ponto, todas as coisas, tudo e todos, se transformam em memória.

Sobre a escrita de *Um outro Brooklyn*

Criar um romance significa fazer um movimento em direção ao passado, à esperança, ao imaginário. É uma jornada emocional, às vezes turbulenta, com personagens que nem sempre fazem ou dizem o que a escritora deseja. Com frequência me pedem para explicar esse movimento e percebo que não consigo — quando estou dentro do meu romance, faz sentido. Mas, quando emerjo do mundo que criei, acho difícil voltar aos momentos em que minhas personagens estiveram comigo. Imagino que, de muitas maneiras, as personagens que uma escritora cria sempre existiram *em algum lugar*.

Muito antes de eu começar a rascunhar a vida de Augusta, Gigi, Angela e Sylvia, pensava no que significava crescer como uma menina neste país — recordando e imaginando, como escreveu o poeta Rilke, "o poderoso, o extraordinário, o despertar das pedras". Embora *Um outro Brooklyn* seja uma obra de ficção, durante os muitos anos que a história precisou para parecer "pronta", habitei a vida de minhas personagens, questionando-me sobre a sobrevivência delas — quem alcançaria sucesso, quem não, qual idade elas teriam no início, no fim?

Quem elas vão amar? Como vão nos deixar, e o que vão deixar para trás?

E o mais importante: Qual a história mais ampla?

Sei que, conforme o romance toma forma nas páginas, é difícil que a vida das personagens não tenha interseções com a vida da escritora. Conforme desdobramos as ações e as histórias das nossas personagens, é difícil não desdobrar nossas histórias. Em *Um outro Brooklyn*, revisitei minha adolescência, revirei-a, redescobrindo o amor profundo que tinha pelas minhas amigas, a alegria e o medo assustadores dos primeiros amores, a intensidade do desejo de sobreviver e a ferocidade em câmera lenta do final da infância.

Ao começar *Um outro Brooklyn* queria escrever sobre os vínculos que compartilhamos na juventude e todas as parábolas desses laços. Desejava que a história se passasse em Bushwick — o bairro da minha infância, a vizinhança que havia anos conhecia tão bem.

Uma escritora escreve para se agarrar a algo. Queria que a Bushwick de minha infância fosse recordada na página — a partir daí criei quatro garotas que eram fascinantes e desconhecidas para mim, pisando bem longe da minha infância. Então as coloquei em uma vizinhança que já me foi familiar como o ar que respiro.

Não sabia o que Augusta, Sylvia, Angela e Gigi fariam nem como agiriam. Não sabia quem viveria e quem não sobreviveria. Não sabia ainda como me sentia, ou como queria me sentir, ao chegar ao fim. Mas escrevi na esperança e no desejo de que as meninas sobrevivessem. Escrevi seguindo minhas indagações como se pudesse preparar o terreno por meio delas, com minhas palavras, e emergir mais consciente e com mais clareza.

Sei mais agora? A respeito da meninice? Sobre o que significa ser uma mulher de cor, vibrante e visível e adorada? Sobre o que significa se apegar àquele amor e, então com a mesma velocidade, deixá-lo ir? Acho que sim...

Um outro Brooklyn me levou a uma jornada. Levantei os olhos do manuscrito um pouco mais madura, um pouco mais cuidadosa, e sempre agradecida pela comunidade de mulheres que me apoiou enquanto escrevia: minha companheira,

Juliet Widoff, minhas irmãs de outras mães — Linda Villarosa, Jana Welch, Toshi Reagon, Bob Alotta, Na Na, Cher Willems, Nancy Paulsen, Kathleen Nishimoto, Kirby Kim, Charlotte Sheedy, Jane Sasseen, Jayme Lines, Odella Woodson... essa lista poderia continuar infinitamente.

Meus irmãos de outros pais — Ellery Washington, Nicky Flynn, Chris Myers, Kwame Alexander, Jason Reynolds... essa lista também poderia continuar infinitamente.

Este livro não existiria se não fosse a minha galera do passado — Donald Douglas, Michael Mewborn, Maria e Sam Ocasio, Renée e Emilio Harris, Sophia Ferguson e Pat Haith.

Tracy Sherrod e Rosmarie Robotham me ajudaram a transformar este romance em algo que as pessoas que vivem fora da minha cabeça pudessem entender. Obrigada.

No fim do dia, uma escritora vive solitária com sua história, lutando com personagens e ambientes, a forma como a luz é filtrada dentro e fora de uma cena. As mensagens mais profundas geralmente lhe escapam. Às vezes trato a jornada por meio da narração como se fosse simples. Em outros momentos amaldiçoo o poder das musas. Mas, através de tudo isso, vivo cada dia em uma gratidão profunda.

J.W.

Another Brooklyn © Jacqueline Woodson, 2016

Todos os direitos desta edição reservados à Todavia.

Grafia atualizada segundo o Acordo Ortográfico da Língua
Portuguesa de 1990, que entrou em vigor no Brasil em 2009.

capa
Julio Dui
imagem de capa
Juan Manuel Merino/ Unsplash
preparação
Luicy Caetano de Oliveira
revisão
Tomoe Moroizumi
Jane Pessoa
Eloah Pina
Valquíria Della Pozza

Dados Internacionais de Catalogação na Publicação (CIP)

——

Woodson, Jacqueline (1963-)
Um outro Brooklyn: Jacqueline Woodson
Título original: *Another Brooklyn*
Tradução: Stephanie Borges
São Paulo: Todavia, 1ª ed., 2020
120 páginas

ISBN 978-65-5114-007-5

1. Literatura americana 2. Romance 3. Ficção contemporânea
4. Literatura afro-americana I. Borges, Stephanie II. Título

CDD 813

——

Índice para catálogo sistemático:
1. Literatura americana: Romance 813

todavia
Rua Luís Anhaia, 44
05433.020 São Paulo SP
T. 55 11. 3094 0500
www.todavialivros.com.br

fonte
Register*
papel
Munken print cream
80 g/m²
impressão
Geográfica